LOCUS

LOCUS

LOCUS

LOCUS

to

fiction

to 62

抵達不了的港灣

La última escala del Tramp Steamer

作者：阿爾巴羅・穆迪斯（Álvaro Mutis）

譯者：許琦瑜

責任編輯：莊琬華 美術編輯：何萍萍

法律顧問：全理法律事務所董安丹律師

出版者：大塊文化出版股份有限公司

台北市105南京東路四段25號11樓

www.locuspublishing.com

讀者服務專線：**0800-006689**

TEL：(02) 87123898 FAX：(02) 87123897

郵撥帳號：18955675 戶名：大塊文化出版股份有限公司

總經銷：大和書報圖書股份有限公司

地址：台北縣五股工業區五工五路2號

TEL：(02) 89902588 FAX：(02) 22901628

排版：天翼電腦排版印刷有限公司 製版：源耕印刷事業有限公司

初版一刷：2008 年 11 月

定價：新台幣150 元

Printed in Taiwan

國家圖書館出版品預行編目資料

抵達不了的港灣 / 阿爾巴羅・穆迪斯(Álvaro Mutis)著；

許琦瑜譯．— 初版．— 臺北市 ：大塊文化，

2008.11

面 ； 公分．—（to ; 62）

譯自 ：La última escala del Tramp Steamer

ISBN978-986-213-095-7（平裝）

885.7357 97020095

La última escala del Tramp Steamer

抵達不了的港灣

Álvaro Mutis 著
許琦瑜 譯

致G.G.M.：

我從很久以前就想告訴您這個故事，無奈生活總是紛擾不安，讓我無法如願。

……老舊船隻的氣味和雜音
腐朽的木頭和鏽蝕的鐵板
疲憊不堪的機器發出怒吼和哀號
把船頭一推、往船側一踢
遠遠傳來低聲悲泣，與一次又一次將之嚥下的嗚咽
劃過驚濤巨浪、激起隆隆聲響
老舊的船隻行駛過亙古的水面

——聶魯達〈鬼魅貨船〉《地上的居住》第一部

總是懷著與大海邂逅的嚮往
旅途中沒有麵包、沒有拐杖也沒有杯盤瓶罐
一口緊咬住金黃色的苦澀檸檬

——馬拉美〈惡運〉

如同每個人都會運用自己的方式來描述生活中的瑣事一樣，要切入這個愛情故事也有許多不同的角度。如果依照我的方法，可能會從故事的結局說起，但對另一位曾身歷其境的人來說，或許會認爲故事根本還沒開始呢；更遑論當我打算把它告訴讀者時，看在第三位相關人士的眼裡，可能壓根搞不清楚事情是如何發生，又是怎樣結束的。因此，我決定以自己的親身經驗爲主，依照幾次碰巧與它相遇的時間先後來鋪設情節，或許這並不是了解這段奇特的愛情故事最有趣的方式。自從我得知這個故事以來，便很希望能把它告訴某位擅長書寫的能手，但我卻沒有找到足以託付的人選。與其冒險採取投機或不擅長的方式，倒不如自己把它寫出來，因爲這是最簡單、最直接而且最適合我的。而他們之間的愛情就如同幾個世紀以來發生在比拉莫與蒂絲貝①、馬賽爾與阿爾貝蒂娜②

以及崔斯坦與伊索德③之間短暫、沒有結果的傳奇故事一樣，都讓我們陶醉不已。我衷

---

①比拉莫與蒂絲貝（Priameyo, Tisbe）：他們是一對情侶，由於戀情遭到家人反對，便相約私奔。先到約定地點的蒂絲貝在躲避突然出現的母獅子時，不慎將自己常穿的衣服掉落在地上，而被嘴邊沾有血跡的母獅子叼著玩。後來才出現的比拉莫見狀誤以蒂絲貝被咬死了，便在樹下自殺，而回來的蒂絲貝看到愛人死去了，也跟著結束了自己的生命。

②馬賽爾與阿爾貝蒂娜（Marcel, Albertine）：為法國作家普魯斯特《追憶似水年華》一書中的主角。馬賽爾在巴爾貝克的海堤上遇見了少女阿爾貝蒂娜，兩人日後發展出一段既痛苦又複雜的戀情。

③崔斯坦與伊索德（Tristán, Isolda）：為中世紀著名的騎士傳奇故事，後來因為德國名作曲家華格納的同名歌劇而廣為流傳。故事中，崔斯坦替身為國王的叔父去尋找他未來的王后伊索德，沒想到兩人卻相愛到無法自拔。最後崔斯坦在他國病危，派船接伊索德前來相見，和她約定若能前來便在船上掛白帆，反之則掛上黑帆。雖然伊索德真的趕到了，但傾慕崔斯坦的該國公主竟然由愛生恨，謊稱船上掛的是黑帆，害他傷心而絕。

心地希望在自己不夠純熟的敘事技巧之下，仍能呈現出其中既奇特又痛苦的複雜情感，以及迷人之處。

雖然我沒有寫作的天分，但因爲這是當事人親口告訴我的，我只得硬著頭皮拿起筆桿。我本來希望找一位擅長書寫的人來下筆，但是一般人光是應付充滿挫折和紛擾的生活就已經夠煩惱了，哪來多餘的力氣呢。而鼓起勇氣嘗試的我，也十分明白不能把生活中的煩惱當成推託的藉口。不管將來有沒有讀者會看我寫的故事，我仍無法擺脫他們最嚴格的批判。因爲通常人們到最後只會記得這些批評的聲浪，而我們在書中曾經歷過的美好時光則會被漸漸的遺忘了。

我必須以專家的身分到赫爾辛基參加由石油公司所舉辦的內部出版品會議，不過，其實我並不太想去。那是十一月底，根據氣象局的報告，芬蘭的首都將會籠罩在陰鬱的天氣中。我向來頗爲欣賞西貝流士的音樂，而已被世人遺忘的諾貝爾文學獎得主法蘭斯·艾米爾·西蘭帕④的幾篇文章更是讓我印象深刻，這些便是促使我到芬蘭一探究竟的主要動機了。我也聽說在沒有起霧的時候，只要站在維隆奈米半島的最高處就可以看到俄國聖彼得堡的金色圓頂教堂，以及周遭其它莊嚴、壯觀的建築物，因此我才會鼓起勇氣去體驗從未領教過的寒冬。事實上，氣溫只有零下四十度的赫爾辛基彷彿被困在一個神聖不可侵犯、半透明的水晶球中。大樓的每塊磚塊以及公園外圍的每根柵欄都覆蓋著有如大理石般的白雪，公共建築物的每個細節則十分、甚至過分地強調稜角分明的線條。雖然得冒著生命危險、懷著忐忑不安的心情在街上走動，但能欣賞到這座城市的美景也算是一種補償。當我向一同參與會議的成員們暗示我想到港口東邊的防波堤去眺望「彼得大帝」⑤建立的首都時，他們全把我當成傻瓜看待，並且認爲我很有可能會因此而送命。

---

④法蘭斯・艾米爾・西蘭帕（Frans Eemil Sillanpää，1888-1964）：芬蘭作家，於一九三九年獲得諾貝爾文學獎。

⑤彼得大帝（Pedro el Grande，1682-1725）：即為彼得一世・阿列克謝耶維奇・羅曼諾夫，他為俄國帶來了許多改革，並於西元一七〇三年建立象徵新俄國的聖彼得堡，被稱為「北方的威尼斯」。

稍後，在一場例行的餐會中，一位芬蘭籍的同事得知我異想天開的行徑，便小心翼翼、禮貌性地提醒我可能會遭遇到的危險。「在那裡，」他解釋道：「只要是狂風掃過的地方，就會把所有擋在路上的東西變成冰柱。不管您穿上多厚重或多強調防風功能的外套都是沒有用的。」我反問要是哪天沒有刮風，又很難得的遇上像此刻一樣短暫且陽光燦爛的好天氣，是否就有機會實現我的夢想，站在遠方瞭望「北方的威尼斯」呢？他表示因爲目前的天氣瞬息萬變，只要我事先準備好一輛車，可以在變天的時候載我回飯店，那麼這件事就是可行的。而陪同我出席的芬蘭籍議員將負責車輛的安排事宜，當天氣快要放晴時也會提早通知我。

這天比我想像中來得早。兩天後，他們打了一通電話給我，表示隔天就會帶我去之前約定好的地點。公司裡的氣象學家向我保證會出三個小時的太陽，也絕對不會起霧。隔天，被派來接我的車輛很準時的出現在飯店門口，車子開上一條由市區通往郊外的道路來到碼頭區。因爲司機先生只會說芬蘭語，我又只學過幾句瑞典話，所以無法和他溝通；不過，我和這位彷彿從《卡萊瓦拉》[6]史詩中走出來的人物也沒有什麼話題可聊就是了。我原本以爲路途十分遙遠，沒想到只開了二十分鐘不到。而且我一下車便被眼前的景色給震懾住了。在十分晴朗的天空下，碼頭上的每台起重機、岸邊的每株燈心草，以及每艘以安靜且不可思議的方式，從平靜無波的水面上交錯而過的船隻，都給人一種無比純淨的感覺，一時之間還以爲來到了世界剛剛開創的時期。彼得・羅曼諾夫是一位天資聰穎的獨裁者，也是狡猾的「恐怖的伊凡」⑦的後代子孫，爲了實現自己的妄想以及某個下流的意圖而興建的城市，如今就矗立在盡頭。那些白色的建築物、有著耀眼圓頂的教堂、鋪著血紅色花崗岩的碼頭，以及一座座架在運河之上、令人賞心悅目的義大利風

---

⑥《卡萊瓦拉》(Kalévala)：芬蘭的民族史詩。十九世紀時，一位芬蘭醫師隆諾特(Elias Lonnrot, 1802-1884)收集了大量的民歌，編成了這部完整的史詩。

⑦「恐怖的伊凡」(Iván el Terrible, 1530-1584)：為伊凡四世的別名，俄國史上第一位沙皇。他十三歲就下令處死反對他的世襲大領主。後來更在盛怒之下用手杖打死了長子伊凡太子，「恐怖的伊凡」的外號也由此而來。

格的橋梁就出現在我的眼前。而我一直到看見海軍軍事法庭的牆面上有一面巨大的紅色國旗隨風飄揚時，才回過神來，回到這個愚昧、荒謬的現實裡，但是眼前看來略顯朦朧、比例均衡完美的景象又讓我覺得彷彿置身於另一個世界。我坐在柏油路旁的花崗岩矮牆上，雙腳懸空，腳下是如鋼鏡般的水面，我一邊沉醉在眼前的美景一邊想著，或許以後再也沒有機會目睹這一切了。就在此時，我和故事中重量級的主角——流動貨船第一次相遇了。通常，這些噸位較小、沒有加入任何一條海上主要航線，獨自穿梭於各港口間尋求偶爾才需要它們託運的貨物、也不介意運送地點爲何的船隻，會被稱爲流動貨船。它們的生活困苦，總是拖著令人同情的背影在海上航行，而它們所面臨到的窘境也一定是超乎我們的想像。

這艘流動貨船像隻身受重傷的蜥蜴類動物緩緩地出現在我的面前。我簡直不敢相信自己看到了什麼，因爲在遠處的盡頭矗立著金碧輝煌的聖彼得堡，但眼前卻出現了一艘破破爛爛的貨船。船身從底部到吃水線的位置都佈滿了氧化物和垃圾遺留下來的髒污。船上的船橋、甲板和供給船員以及偶爾才會出現的旅客所使用的船艙都是白色的，不過似乎是很久以前漆上去的。現在船身多了一層油污和鐵鏽造成的覆蓋物，不僅使得原本的顏色變得難以分辨，也讓它看起來彷彿籠罩在悲慘、絕望、注定要沒落的氛圍中。它氣喘吁吁地拖著全身的機械設備在水面上滑行著，船上的連桿早已失去應有的節奏，似乎隨時都有可能停止運作。然後它慢慢地開到我面前的位置。而在我全神貫注地欣賞著眼前既平靜又不眞實的畫面時，原本大爲讚嘆的心情卻加入了某種難以確定的情緒。我覺得這艘漂泊在海上的船隻似乎見證了我們生活在地球上的命運。最後幾位沙皇所居住的首都就位於遠方的盡頭處，其金、白交錯的建築物的倒影映在反射出金屬光澤的水面上，相較之下，或許應該以廢鐵來形容這艘船還比較恰當，也比較有說服力。置身於芬蘭沿海講究對稱風格的碼頭和建築物當中的我，也不禁同情起它的遭遇了。我覺得它就像我們某位不得志的親人，經年在充滿貪婪和懶散的世界中打滾，其實它扮演的是受害者的角色；而它的應對方式便是固執地拖著可憐而殘破不堪的身軀繼續在海面上航行。

我看著它往海灣的內側開了過去，似乎在尋找一個不太引人注意、不必大費周章便可以靠岸的碼頭，或許這樣做也能替它節省一些費用。在它船尾的地方掛了一面宏都拉斯的國旗，因爲在風中不停地飄動著，我只看到字尾是「……鳥號」，便猜想它的名字應該是「翠鳥號」⑧，也許是爲了暗諷這艘老貨船的外形跟下唇突出的翠鳥十分相像吧！在無法確定的船名下方標示了船隻的註冊地點，我花了一點時間才看出上面印的是柯特斯港。雖然我不了解大海以及海上錯綜複雜、貪婪營私的商業網絡，但當我處在北歐最和諧、最容易被遺忘的景色中，看到一艘命運乖舛的加勒比海貨船時，卻已深深感受到兩者之間產生的對比。由於這艘宏都拉斯貨船的出現，我才被帶回到自己的世界，也重拾記憶中最重要的部分，便不需要再在維隆奈米半島的最高點多做停留了。此時，天空突然聚集了大量鉛灰色的烏雲，貌似勒明凱南⑨的車夫提醒我應該就快要變天了。在我完成這場期待已久、經常掛在嘴邊的旅程回到飯店之後，我的同事們紛紛好奇地問東問西，但

⑧翠鳥（Alción）：傳說中的一種鳥類，相傳在冬至前後巢居海上，產卵時有使海浪平靜的魔力。也可用來形容宣稱自己的婚姻生活比天神宙斯和赫拉還要幸福快樂的夫妻。

⑨勒明凱南（Lemminkainen）：芬蘭民族史詩《卡萊瓦拉》的主角之一，是一個充滿冒險精神、對女性又充滿慾望的傳奇人物。

我只是很客套的敷衍了他們幾句。這艘流動貨船已經把我帶到與此刻所處的斯堪地納維亞和波羅的海截然不同的現實世界裡，所以我最好是保持沉默。不過，我也沒什麼好說的，至少在當時是如此。

生命經常會針對某些事情提出結算報告，而我們也最好不要忽略它的存在。那些報告就像一張張清單，提醒我們不要過分沉溺於夢想或虛幻的世界裡，也讓我們知道應該回到充滿溫情的日常生活中，回到我們眞實的命運裡。這是在我結束芬蘭之行以及在那裡發生的巧遇一年多以後得到的領悟，而那段巧遇如今已漸漸變成無情的夢魘，並會不時地出現在我的夢中。

由於有一個多倫多的技師委員在哥斯大黎加研究如何建造輸油管，我便過去擔任他們的報刊顧問，不過我已經不太記得當時是從哪一個港口轉往內陸。我跟著他們一連去了好幾間所謂著名的酒吧和咖啡館，並且認識了兩位朋友。其中一人邀請我從聖荷西搭乘遊艇到旁塔亞雷納的尼科雅灣一遊，想到終於可以擺脫和公司同事之間無聊透頂的對話，以及那些已經聽到想吐、沒完沒了的高爾夫球戰績回顧史，便欣然接受了邀約。馬可是其中一位邀請我、也是開車來接我的人，我記得前一晚曾跟他聊到一些關於酒以及酒後會引發哪些行爲的話題。遊艇的主人已經在旁塔亞雷納等我們了，他太太也會一起去，我們現在開過去也只需要一個多小時的車程。馬可在言談中對這位女士語多保留，或許是爲了給我一個驚喜，我只得壓抑著心中的好奇，並在接下來的路途中重提昨晚不太值得讚揚的酒館之旅。抵達旁塔亞雷納時，我發現自己又回到了太平洋的懷抱，和法耳巴拉索到溫哥華之間的海域一樣，這裡的海水不僅看起來灰濛濛的，海象也總是瞬息萬變。十分濕熱的天氣讓我緊繃的神經獲得舒緩。儘管之前已經來過許多次，我仍打算盡情享受這趟海上之旅，而且最後的結果一定是很美好的。遊艇主人的房子看來就像建在我國海邊的房子一樣，雖然稍顯雜亂無章，卻給人一種愉快的感覺。而且很明顯的，聖荷西這裡的居民似乎不善於在房子裡放置陳列品。冰箱裡裝滿了啤酒和魚子醬罐頭，也無可避免的一定會有玉米餡餅這類的食物，通常它的外觀會有多種變化，不變的是外皮皆是同樣難以下嚥的玉米麵糰，內餡則是你永遠都不知道到底是用犰狳肉還是野生火雞肉所做成的危險食材，再將它們隨便用芭蕉葉包起來。最後，上面所提及的食物還是都被我們帶到遊艇上。由於遊艇的體積十分龐大，有一大半的院子都被它所投射下的陰影遮蔽住了。我們遵從主人的指示爬上樓梯，要走到甲板時，有一位身材高大、笑容滿面的黑人在旁提供協助，他向我們做了簡短的介紹，感覺上他應該是個既聰明又幽默的人。在主人發動引擎時，黑人則在旁邊幫忙。「我來了！我來了！該死的！等等我！」我們聽到這句話時紛紛往房子那頭望去，看到一位穿著比基尼的女郎正朝這裡飛奔而來。老實說，我從來沒見過款式如此暴露的比基尼。她的身材高䠷、肩膀略寬、小腿修長、動作靈活、大腿的線條優美，看來十分有力。她的五官長得並不出色，但因爲化妝技巧相當高明，所以還稱得上是位美女。她的身材勻稱，隨著她的腳步越來越接近遊艇，就越能感受到有一股青春的氣息向我們逼近。跟在她後面的是一位年約六七歲的小男孩，兩人輕巧地跳上了遊艇，動作像鹿一般的靈活。她雖然有點上氣不接下氣，但還是露出微笑向我們打招呼，並要求她的小孩也照著做。「您們眞傻！只有我知道食物放在哪裡、要怎麼煮，如果眞把我丟下的話，您們肯定會餓死。」她露出了討人喜歡的笑容，而微微皺眉的男主人則假裝忙著操控儀表板。他先是低聲的交代舵手一些事情，接著便不發一語地往船頭的甲板走去，坐在右舷上，然後舉起點四五的獵槍射擊一群從我們頭上飛過的鵜鶘。充斥在這對夫妻間的詭異氣氛在持續傳來的槍聲襯托下顯得更爲緊張，沒有人知道發生了什麼事，也不曉得該如何打破僵局。「您們別擔心。」她仍舊笑著說：「等他把子彈用完以後，自然會讓我們的耳朵清靜些。要不要喝點什麼呢？是要先來一小杯消暑的啤酒，還是一小杯烈酒呢？」每當我聽到波多黎各的女人刻意使用這樣的指小詞時，都會覺得很不安，感覺很像回到極度迷惘的青少年時期，總擔心自己半夜會爬起來夢遊。我們最後決定跟女主人一起調配琴湯尼，她舉著酒杯，輕輕的碰了碰我們的杯子，好像是波赫士在《不歇的夜》這首詩當中提及的金色女神芙羅黛蒂前來祝福我們似的⑩。因爲眼前有美女相伴，又彷彿處在奧林匹克山的自然環境中，我們後來總算能自然且流暢地交談。這位母親細心照料著已經開始暈船的小孩，但她的關心在我看來有點過火，似乎是擔心已經明顯出現裂痕的婚姻可能會對他造成傷害，才想要盡力彌補。

---

⑩波赫士（Jorge Luis Borges, 1899-1986）：阿根廷著名詩人及小說家，擅長描寫艱深無結局、介於虛構與真實之間的故事。他在《不歇的夜》（La noche Ciclica）一詩中曾提及金色女神芙羅黛蒂。

遊艇開進港灣之後便在一座小島上停靠，我們也在那裡享用了淋上產自納帕谷酒鄉、不是最頂級的白酒的龍蝦當成早餐，滋味令人難忘。馬可曾多次私下提及他們的婚姻已經瀕臨破碎邊緣。雖然遊艇的主人繼承了可觀的財富，但是整天都遵從他父親——一位無情的阿斯圖里亞斯人——的命令，像個奴隸般地工作著。而且他到了晚上仍舊過著單身漢的生活，好像根本沒有結過婚似的。他太太有好幾次在晚上從娘家回來，都剛好撞見他開著載滿妓女的轎車行駛過聖荷西的主要街道。在旅途中，這位年經的繼承人只要一把子彈用完，就會開始跟黑人聊天，並交代一些和船隻保養有關的事項。有時候他會強迫自己表現出和善的態度，跟我們說幾句話，但其實也沒什麼好聊的。相對的，女主人則忙於照顧小孩和我們幾位賓客，並且極為自然地釋放出她的熱情，似乎這在她的家鄉是十分普遍的行為，但有時也讓人覺得是一種卑微的表現。

「我聽說您是作家。」她十分好奇地對我說：「您寫的是什麼呢？是小說還是新詩？我很喜歡看書，不過我只看浪漫小說。您寫的是浪漫的故事嗎？」

我不太知道該怎麼回答她，雖然心裡很緊張，還是決定說出事實，而且還傻傻的以為接下來會有聊不完的話題。「不。」我回答道：「我寫的新詩或小說幾乎都是有點悲傷的題材。」

「我覺得很奇怪。」她評論道：「您看起來並不會特別憂傷，也不像曾經遭受了重大的打擊，爲什麼要寫悲傷的故事呢？」

「這是自然而然發生的。」我試著替這一連串愚蠢的問題畫下句點：「我也沒有辦法控制自己。」

她沉思了一會兒，臉上露出淡淡的失望表情。我從不覺得她說的話是認眞的。但從這時候起，雖然她並沒有把我排除在外，但已經不會用最燦爛的笑容來面對我了。

我們在天色即將變暗之際回到旁塔亞雷納。因爲我這天晚上要去經濟部參加一場會議，所以得留在聖荷西。陽光、產自加州且加了人工香料的酒、女主人的身影、她的聲音以及她在悶熱夕陽下的一舉一動，都讓我覺得昏昏欲睡。因爲他們所說的話無法引起我的興趣，所以我眞的睡著了。突然間，四周陷入難以形容的靜默中，我感覺到有一大片陰影漫過我的身體，帶來陣陣涼意。船隻的引擎聲從附近的水面傳了回來，變成令人惱火的刺耳聲響。當我把眼睛睜開的時候，發現我們正與一艘大船交會而過，港口的空間也因爲它的出現變得非常擁擠。因爲我從來沒有跟它靠得這麼近，所以一開始並沒有認出它就是我在赫爾辛基看到的那艘流動貨船。它的船身仍舊沾滿了氧化物和垃圾留下的大塊髒污，船橋和甲板看來也還是一樣殘破不堪。而在它旁邊聽到的引擎聲，更讓人覺得它隨時都有停止不動的可能。在赫爾辛基時，我注意到船上沒有任何船員和乘客在走動，只發現船橋上有一個模糊的身影，可以證明上面有人。後來我猜想應該是當時的天氣太冷，甲板上才會沒有人。應該是這樣的。因爲現在有一群水手站在艙口和甲板的欄杆旁看著我們，他們每個人看起來長得都很像，臉上的鬍子已經好幾個禮拜沒刮，身上的衣服不僅破破爛爛，也沾滿了汗漬和油污。他們有些人講英文、有些說土耳其文，還有少數人講葡萄牙語，每個人都用各自的語言談論著與我們同行的女人；而後者此時正刻意對他們露出純真的笑容，並用力地揮動雙臂打招呼，胸部也差點露了出來。伴隨著越來越熱烈的討論聲浪，我不由得興起了這樣的念頭，這些男人不知何時才會結束四處漂泊的旅程，能看到這番不可思議的畫面也算是一種慰藉吧！陽光持續照耀著我們，也讓我可以再次研究掛在船尾的謎樣的兩個字「……鳥號」，以及印在下面的柯特斯港。因爲上面沾染了朱砂色的斑點、泥土和油污的覆蓋物，使得那幾個白色的字體幾乎都要看不見了。船隻如果沾上氧化物不只會留下髒污，也會破壞船體的結構。

「我看這些可憐蟲搞不好連巴拿馬都到不了。」她大聲地說出自己的看法，聽起來有點孩子氣、有點母性流露，又有些淡淡的哀傷。

「我兩年前曾在赫爾辛基看過這艘船。」我不知道自己爲何會脫口而出這句話。

「那是哪裡啊？」她有點驚訝地反問我。

「就在波羅的海旁的芬蘭境內，靠近北極的地方。」

我發現她似乎沒聽過這些地名，所以最後還特別地解釋了一下。聽到這裡，在場人士全都用好奇、甚至有點懷疑的眼神看著我，我卻不想說出全部的故事，更何況這又不是要說給他們聽的，也不屬於他們。遇上貨船的這段插曲、我的沉默不語，以及剛吃完一堆難以消化的食物和飲料，使得大家在遊艇靠岸前都沒再做任何交談。下船後我們各自走到車子旁，並擠出最恰當的措辭向這對夫妻道別。這時身上只套著一件薄罩衫的女主人突然像想起了什麼似的，在遲疑了一下後對我說：「要是您以後寫了浪漫小說，別忘了寄給我喔！就當作是龍蝦料理的謝禮吧！」我猜想這是一個客套的說法，就像娜烏西卡⑪和肖夏夫人⑫會掛在嘴邊的話一樣，雖然有時聽起來還滿令人高興的，事實上卻等於沒說一樣，也常常讓人不知該如何接話。

在回到聖荷西的路上，我發現自己完全不知道陪我們一同出遊的美麗女子叫什麼名字，我卻不想問馬可。從此，這兩名同伴已經在我心裡留下難以抹滅的記憶，一個是會說髒話、和善的女子，一個是快要解體、如鬼魅般的流動貨船，或許不要知道他們的名字會比較好。他們兩位在我的夢境中是互補的，並且會一直留在我的記憶中，就像會不斷地想起某些詩句一樣。我和這艘四處漂泊的宏都拉斯流動貨船還有兩次偶遇，但先前兩次看到它的時候，它那殘破的身影就已經給人一種無法擺脫災難的感覺了，而在這些

---

⑪娜烏西卡（Nausicaa）：希臘神話中法埃亞科安島（Phaeaceans）的國王阿爾基諾奥斯的女兒，也是荷馬史詩《奧德賽》中的重要角色之一。

⑫肖夏夫人（Madame Chauchat）：德國作家湯瑪斯曼的小說《魔山》的女主角，是一位來自俄羅斯的神秘女子。

災難後面所隱藏著、跳動著、流動著的是我們稱之爲命運的東西，是個規則瞬息萬變、缺乏確定性的遊戲。我接下來和它的相遇並不是毫無意義的，反而可以和之前的經驗互補，並且讓我永遠記得背負著最活躍也最神秘的特質的它，將帶領著全人類的命運朝終點與死亡前進，而航向生命的盡頭便是它的天職。在這之前的兩次相遇都是不經意碰到的，和我接下來要敍述的這兩段插曲不太相同。

牙買加曾經是我在加勒比海地區最鍾愛的國家之一。長久以來，金斯頓已經成爲我搭機往返於美國和國內的中途停靠站。尼爾森海軍上將在此擔任統治者時，曾在家書中讚揚當地特殊的氣候和景色，受到他的影響，我通常會把停留的時間延長爲一個星期。對我而言，整個加勒比海地區的環境是獨一無二的，常年吹著微風，凡事都有自己的節奏，對於還有許多計畫尚未完成的我而言，是個非常合適也很有利的環境。過去的我一直搭船遊走於遠方的各個城市，或是某些充滿著英國國教教徒的國家，他們通常都對我很不友善。而待在那裡的時候，不僅我個性中比較不好的那一面比較不會顯露出來，還會激發我的某些才能，甚至讓我覺得自己變得跟以前不一樣。不過，我覺得某些加勒比海的小島所能提供的最大優惠，便是拿朋樹德雷翁的水當作浴室用水，而牙買加也是如此。因爲後來覺得在牙買加多做停留很浪費時間，所以我已經有好幾年沒去了，如今舊地重遊才發現一切都已改變。一個潛在已久、似乎一觸即發的侵略特質已經讓當地的居民變了樣，他們必須更謹言愼行才不會引發意外衝突，而且連整體氛圍都受到影響。雖然牙買加人本質上並沒有太多的改變，但是表現出來的情緒和方式卻已大不相同。我想，這大概又是一個快要消失的天堂吧！還有很多地方也正經歷著相同的過程，不過，就算名單上再加上這一個我也不會覺得它是犧牲品。人到了某個年紀以後，似乎只有兩三個念頭能夠引發和維持我們的興趣；我想地球上那麼多的樂土也會逐漸減少爲兩到三個，我也相信這樣還算多呢！總而言之，我發誓再也不去牙買加，並且選擇到其他地方重新享受加勒比海的豐饒之美。

結束哥斯大黎加和尼科雅的海上之旅之後的幾個月，因爲波多黎各當地一所學校的卡耶教授邀請我去討論我的詩集，所以我便從巴拿馬搭上一架開往波多黎各的飛機。飛機在凌晨的時候起飛，但爲了解決通風系統故障的問題，才飛了半個小時就得回到巴拿馬。其實眞正的原因是有一台渦輪機壞掉了，而這架已經很老舊又搖晃的很厲害七三七飛機，光靠另一台渦輪機也支撐不了多久。我們在巴拿馬度過了漫長的兩個小時，看著技師們像一群飢餓的螞蟻般，一下子拿出渦輪機裡的東西，一下子又把它放回去。然後他們透過擴音器通知大家這個「小小」的故障已經被修復了——我覺得很奇怪，爲什麼當他們覺得技術層面出了問題時，總要睜眼說瞎話呢？——我們終於重新登機，也還算是順利的起飛了。過了一個半小時，正當機長簡短地說明接下來即將飛越古巴上空時，機身突然猛烈地晃動了一下，嚇得所有乘客都不敢說話。空姐們在走道上來回走動，但她們對客人的解釋聽起來有點空泛，也似乎是爲了掩飾自己驚恐的情緒。「由於飛機左側的渦輪機發生機械上的故障，我們必須在牙買加的金斯頓降落。請旅客們繫上安全帶，豎起椅背，並將桌子直立放好。飛機即將要降落了。」這是機長的廣播，雖然他的語氣十分鎮定，卻無法安撫每位乘客的情緒。

我把正在閱讀的書本闔上，打算盡情地觀賞金斯頓港的全景，而這裡也是幾個能讓我感受到典型加勒比海風格的角落之一。事實上，當飛機還在港口上方盤旋時，眼前的景象還是令我讚嘆不已。環繞在城市周圍的山壁上覆蓋著深綠色的茂盛的植被，有些地方看起來很接近黑色，旁邊還有一些剛冒出嫩芽的竹子和彷彿拘謹地站得直挺挺的蕨類，則呈現出近乎黃色的色調。由於有兩架飛機正打算起飛，我們只得繼續在空中盤旋，等待准許降落的指示。機長把引擎的轉速調到最低，以免給它過大的負擔，直到對準跑道的起點才開始降落。我一邊驚訝、出神地看著港灣的海水，一邊想起曾有一艘戰艦沉沒在港灣的正中央，我卻從來不知道它是屬於哪一國的船隻，也不曉得失事的原因爲何，不過，這個想法肯定在飛機著陸的那一刻就會被我拋到腦後。在我們繞過碼頭上方時，我看到了流動貨船的身影，我會如此肯定是因爲它已經牢牢的刻印在我的記憶中了。它就在那裡，在碼頭停靠著，如同一隻飢餓、勞累了一整夜的狗，如今倚在門口休息。雖然我還在很高的位置，並不像前兩次是近距離看到它，卻仍可以一眼就認出它的身影，應該是因爲我對它太熟悉了。我覺得船隻的右舷似乎有點傾斜，在飛機的下一個迴轉時，才發現碼頭上的起重機正把貨物裝到船上，而且堆在右側倉庫的貨物仍在增加中，也許這就是造成傾斜的原因。

由於所有飛往邁阿密的班機在早上的時候都飛走了，我們只能等這架七三七飛機的渦輪機修好，也必須在金斯頓過夜。我們在市中心的一間旅館落腳，雖然那裡不是特別豪華的地方，卻是個安靜的住所。旅館內附設的酒吧裡有一位頭髮花白、個子不高的黑人負責招呼，他似乎很會調製種植者賓治雞尾酒。大家都知道這款雞尾酒的主要成分是罐頭果汁、朗姆酒、冰塊以及最常使用的櫻桃。但是我們旅館的酒保遵循的卻是古老、經過研究的配方，他會親自準備鳳梨果汁，並且按照比例加入朗姆酒和冰塊。現在是中午十二點，在喝下第四杯種植者賓治後，我覺得要是待會吃下午餐的話後果一定會很慘。我放慢了喝雞尾酒的速度，打算靜靜地等到陽光稍微變弱的時候去看看那艘船，因爲如果不去的話，會讓我覺得自己非常沒有禮貌和同情心。就好像明知有一位親近的老朋友住在金斯頓，卻刻意不去拜訪他的感覺。有些飛機上的同伴打算利用晚上去逛逛城市裡的酒吧，我並沒有說出他們眞正想去的其實是很不入流的地方。與其現在去睡午覺，好讓晚上有精神一點，我寧可先到港邊探望我那位可憐的朋友，然後回到旅館，和酒保一起研究其他口味的調酒。後者逕自幫我準備了一道通常被當作正餐、味道清淡但十分可口的鮪魚三明治，讓我不會吃的太飽，晚上才能繼續喝酒。

當陽光變得和緩一些時，我要求計程車司機載我到港口去，而且只含糊地描述了貨船大致停靠的位置。雖然我們輕而易舉的就找到那裡，卻發現入口的柵欄已經放下來了，有一位脾氣不好、態度傲慢的桑博人[13]警衛表示現在倉庫都已經關閉了，碼頭上也沒有任何活動在進行，所以不能讓我們進去。在向他詢問有關流動貨船的事之後，才知道它此時已經裝完貨物正準備啓航，使我頓時有種與一位親近的朋友失之交臂的感覺。我拿出一張五鎊的紙鈔，說出幾個旁人難以理解的理由，試圖解釋我為何急著想傳話給那位船長，才讓這位不討人喜歡的警衛答應放行，不過，他也提醒我再過半個小時他就會離開工作崗位，到時候就不會有人幫我開門，碼頭也要等到隔天才會重新開放。我趕緊跑向我猜想船隻應該會停靠的地點，但是等我到達那裡的時候，卻發現貨船已經收起纜繩緩緩開動了。船上的水手還是跟我在旁塔亞雷納看到的一樣：鬍子已經好幾天沒刮、衣服上沾滿了污漬、短褲上佈滿補丁、嘴上叼著香煙，出神地望著對他們來說反而比較有歸屬感的遠方，為了避免自己對陸地上短暫、虛假的時光有所依戀，這群海上男兒才會露出心不在焉的神情。這艘船沒有更改註冊的地點，那面宏都拉斯的國旗仍舊懶洋洋地

---

⑬桑博人（zambo）：黑人和印地安人的混血兒。

掛在船尾，而上面的字母「……鳥號」，也仍留下無法解開的謎團。船身的吃水線很明顯地高過水面，代表它在牙買加並沒有載走很多貨物，我注意到船隻有一部分的螺旋槳在深色的海水中費力地拍打著。這艘可比擬爲海上勤務員的貨船似乎比我先前看到它的時候還要殘破不堪，就像從魏吉爾《田園詩》⑭中的拉提姆一地跑出來的公牛一樣，即將認命地展開第N次痛苦的冒險歷程，甚至還給我一種十分破舊、跌跌撞撞和逆來順受的感覺。

在面對人類的企圖心時，它總是表現出順從的態度，即使它的存在曾被惡意忽視，即使它的努力只換來自己的耗損和被世人遺忘的下場，卻也爲它贏得更崇高的地位。看著它的身影消失在天際，我覺得有一部分的自己也隨之踏上了沒有歸途的旅程。空氣中

⑭魏吉爾（Virgil, 70–19B.C.）：古羅馬最著名的詩人，其著作《田園詩》（又譯《農事詩》）主要談論農事生產，也歌詠田園風光。

響起一聲汽笛聲，提醒我該是離開碼頭的時候了。站在入口處的警衛正不耐煩地拿著一串鑰匙敲打著大腿，似乎是爲了提醒我給他帶來了多大的麻煩。不過，用這五鎊所換來的時間已經遠遠超過紙鈔本身的價値。

在我的夢境中有一座漆黑的迷宮，而這些夢境總是在晚上才會到來，並在失眠的夜裡大聲地發出噪音干擾著我。這次錯過了陪我一同走過迷宮的同伴，讓我覺得很痛苦。回到酒吧以後，多虧了內行的酒保熱心地調配各種島嶼風味的朗姆酒來招待我，才讓我覺得好過一些。在我打算回房時有幾對夫妻先回來，很顯然地，金斯頓的夜生活讓他們大感失望。以前的港口總有加力騷的音樂和熱朗姆酒爲伴，但告訴他們這些只是徒然，因爲他們不可能會了解，也不值得我這麼做。但丁曾說過，最大的痛苦莫過於在悲慘中想起過往的美好時光。即便如此，我們現在還是得獨自承受這樣的痛苦，不過，或許這是件好事也說不定。

現在只剩下我和流動貨船的最後一次相遇還沒說出來。當時的我並沒有察覺那是最後一次看見它，但有一件事是無庸置疑的，就是如果我們還會再度相遇的話，一定會不斷地出現一些徵兆，例如像神話故事中的情節般被追趕著，或是陷入糟糕透頂的惡性循環中；最後很有可能會變成一種詛咒，就像那些觸犯了希臘眾神不可被動搖的規定的人，必須遭受到的處罰一樣。但是現在的世界已經不一樣了，當別人欺騙我們的時候，其實不太會採取報復行動，不過這是小事。我們有如煉獄般的生活再也無法爲崇高的詩學帶來任何靈感了。雖然那時還不太確定是不是最後一次相遇，我卻隱約感覺到遊戲已經快要結束，因爲事情的發展已經超出了我們所能想像得到的範圍了。

大約在十年前或更久以前，我到千里達參加丙烷瓦斯操作訓練的期間，曾去過奧利諾科河河口。我在這個場合中認識了所有揮發性易燃物的危險性，而當他們拍打著各種裝石油的容器演奏時，我也體會到安地斯山的音樂有多美妙。島上的氣候宜人，幾乎一年到頭都像窩在火爐旁一樣溫暖，再加上耳邊不斷傳來海水漲退潮時拍打著岸邊的聲音，讓人不管在晚上或大部分的白天都有種被催眠的感覺。我們在某個週末搭乘公司的拖船去探訪奧利諾科河茂密的河口三角洲，這次的經驗讓我留下了深刻的印象。奧利諾科河的河水便是從這裡匯流至平時看來風平浪靜，但其實暗藏危險、有時更會出其不意地引發災難的大西洋。我至今還記得那天不斷聽到的鳥叫聲，也十分訝異這裡居然有這麼多不同品種和顏色的鳥類。即使在伸手不見五指的夜裡，仍有震耳欲聾的鳥鳴以及鳥群遷徙的聲音在回歸線地區的原始森林中頻頻響起。

因爲有好幾個國家都對豐饒的奧利諾科河流域表現出高度的興趣，便共同組成了一支代表團，所以我現在又回到了這裡。我們的小組有六名成員，並由不太有效率的我擔任秘書的職務。奧利諾科河河口三角洲壯觀的自然生態曾讓我讚嘆不已，至今仍深深懷念，爲了能夠舊地重遊，我才會參加這場由官僚舉辦的探險活動。我們住在聖荷西德阿馬庫拉軍港的別墅式平房裡，在聊天的時候談到各種讓生活更舒適的物品，當然也包括了讓我們感受不到外面天氣的空調設備。對我來說，空調不僅提供了舒適的環境，也讓我的思緒變得清晰和敏捷，與服用某些不知名的藥品所引發的幻覺極爲類似。不過，關掉空調之後，躺在罩著薄紗蚊帳、看來有點正式和莊嚴的床上，讓夜晚帶著大量濕熱、近乎感官層面的香氣滲透進來，輕輕撫慰著我們，這種愉悅的心情卻幾乎是無可比擬的。我們花了好幾天的時間在阿馬庫拉蜿蜒曲折的河口三角洲進行探勘活動，但要熟悉如此壯觀的迷宮至少得花上好幾年的時間，使得我們的行動有點像在做表面工夫，也不夠仔細。而到了庫略坡和聖非立克時，已經可以看到一些象徵文明世界的物品出現了，諸如塑膠製品、垃圾食物、違禁品和吵死人的音樂等糟糕的東西。我們回到聖荷西德阿馬庫拉之後的一個多禮拜都忙著撰寫報告的第一份草稿，這是之前就安排好的工作行程。而待在有如佛教涅槃般的河口三角洲，對我的健康也有很大的幫助。我們之後必須沿著河流溯溪而上到波利瓦爾市去，而這些只會紙上談兵的專家們必須提出言之有物的結論，並交出報告的第一份初稿。很奇怪的是，雖然這些專家一直說個不停，內容卻空泛得可以。因爲他們談論的話題將來都會直接被鎖進某位部長辦公室的檔案櫃裡，日後也只有程度跟他們差不多的專家會想拿出來看。這是個不必特別做什麼事就可以心安理得地拿到薪水的肥缺，到最後他們都會落入同樣愚蠢的循環裡。因爲不想跟他們一起到首都去，我推說自己有點發燒，必須立即到港口的醫療站就醫。我在港口跟値班醫生簡短地聊了幾句，把事情打點好之後，便搭乘一艘由一位眼睛細長、沉默寡言、熟悉河口三角洲地形的原住民所駕駛的快艇到阿馬庫拉。我希望將來有一天能把上述的經歷描寫出來，儘管其中大部分已被我寫成了詩句，並出現在曇花一現的雜誌上或很快就被遺忘的書本中。雖說如此，那卻是那些日子留下的足跡，也是上帝賜給我的禮物。我的同伴們回來後忙著討論關於里約熱內盧合約的題外話，以及在蒙特維的亞會議中聽到的神奇煉金術，雖然看到我很不可思議地恢復了健康卻沒有人多說什麼。事實證明，「無知」會矇蔽人的感官，就像明明令人驚奇的阿馬庫拉河口三角洲就擺在眼前，他們卻看不見、聞不到也聽不見。

將我們送回千里達、讓我們能夠各自搭乘飛機返國的是一艘委內瑞拉的海軍巡邏艇。一天清晨，我們在半夢半醒之間聽見專程過來的海軍巡邏艇發出的汽笛聲，踏上船時，感覺剛喝下的熱咖啡還在胃裡翻騰著。他們在大雨中收好纜繩，在發出即將啓航的汽笛聲時，隱約傳來一陣類似動物嚎叫聲與之呼應。

「現在正好有一艘船要開進港口，等它進港後我們就要出發了。由於河水上漲帶來大量的淤泥和樹枝，所以兩船之間的通道會變得十分地狹窄。」一位政府官員以軍隊裡慣有的公式化口吻向我們解釋著，彷彿站在他面前的是一群憲警。

想到要離開陪我度過美好時光的地方，心中便隱約升起一股不安的情緒和淡淡的哀傷，我甚至在還沒離開的此刻就已經開始思念它了。早在幾天前我就有預感流動貨船可能會在附近出現，果然就是它——「翠鳥號」，在我細心研究過它曾走過的悲傷旅程之後，

10550

台北市南京東路四段25號11樓

大塊文化出版股份有限公司 收

廣告回信
台灣北區郵政管理局登記證
北台字第10227號

地址：

市 鄉/鎮 路 段 巷 弄 號 樓

縣 市/區 街

(請寫郵遞區號)

大塊文化 LOCUS 讀者服務卡

謝謝您購買本書！

如果您願意收到大塊最新書訊及特惠電子報：

一 請直接上大塊網站 **locus**publishing.com 加入會員，免去郵寄的麻煩！

一 如果您不方便上網，請填寫下表，亦可不定期收到大塊書訊及特價優惠！
請郵寄或傳真 +886-2-2545-3927。

一 如果您已是大塊會員，除了變更會員資料外，即不需回函。

一 讀者服務專線：0800-322220；email: locus@locuspublishing.com

姓名：＿＿＿＿＿＿＿＿＿＿＿＿＿＿＿ **性別：**□男　□女

出生日期：＿＿＿年＿＿＿月＿＿＿日　**聯絡電話：**＿＿＿＿＿＿＿＿

E-mail：＿＿＿＿＿＿＿＿＿＿＿＿＿＿＿＿＿＿＿＿＿＿＿＿

您所購買的書名：＿＿＿＿＿＿＿＿＿＿＿＿＿＿＿＿＿＿＿＿

從何處得知本書：1.□書店 2.□網路 3.□大塊電子報 4.□報紙 5.□雜誌
6.□電視 7.□他人推薦 8.□廣播 9.□其他

您對本書的評價：
(請填代號 1.非常滿意 2.滿意 3.普通 4.不滿意 5.非常不滿意)
書名＿＿＿ 內容＿＿＿ 封面設計＿＿＿ 版面編排＿＿＿ 紙張質感＿＿＿

對我們的建議：＿＿＿＿＿＿＿＿＿＿＿＿＿＿＿＿＿＿＿＿＿＿

＿＿＿＿＿＿＿＿＿＿＿＿＿＿＿＿＿＿＿＿＿＿＿＿＿＿＿＿＿＿

＿＿＿＿＿＿＿＿＿＿＿＿＿＿＿＿＿＿＿＿＿＿＿＿＿＿＿＿＿＿

＿＿＿＿＿＿＿＿＿＿＿＿＿＿＿＿＿＿＿＿＿＿＿＿＿＿＿＿＿＿

10550

台北市南京東路四段25號11樓

大塊文化出版股份有限公司　收

廣　告　回　信
台灣北區郵政管理局登記證
北台字第10227號

地址：

市　鄉/鎮　路　段　巷　弄　號　樓

縣　市/區　街

(請寫郵遞區號)

大塊 LOCUS 文化 **讀者服務卡**

謝謝您購買本書！

如果您願意收到大塊最新書訊及特惠電子報：

- 請直接上大塊網站 **locus**publishing.com 加入會員，免去郵寄的麻煩！
- 如果您不方便上網，請填寫下表，亦可不定期收到大塊書訊及特價優惠！
  請郵寄或傳眞 +886-2-2545-3927。
- 如果您已是大塊會員，除了變更會員資料外，即不需回函。
- 讀者服務專線：0800-322220；email: locus@locuspublishing.com

姓名：______________________ 性別：□男 □女

出生日期：____年____月____日 聯絡電話：______________

E-mail：________________________________

您所購買的書名：________________________________

從何處得知本書：1.□書店 2.□網路 3.□大塊電子報 4.□報紙 5.□雜誌
6.□電視 7.□他人推薦 8.□廣播 9.□其他

您對本書的評價：
(請填代號 1.非常滿意 2.滿意 3.普通 4.不滿意 5.非常不滿意)
書名____ 內容____ 封面設計____ 版面編排____ 紙張質感____

對我們的建議：________________________________

____

____

____

我總習慣這麼稱呼它。老實說，我發現它的狀況已經不太適合離開加勒比海海域到鄰近的地方航行了，而它這次的目的地是波利瓦爾市。

「它是來載木材的。」剛才那位官員勉強擠出一絲微笑，看著建造年代不可考、顯得搖搖欲墜的怪東西從我們眼前經過。

船上的連桿還是會發出不穩定的巨響，唯一的一根煙囪也會不時傳出嗚咽的悲鳴。這次沒有成群的水手出現在甲板上，只隱約看到船橋上有一個人熟練、輕鬆地操縱著連桿。玻璃上佈滿了不知道累積了多少年的油污，所以幾乎看不到裡面有什麼，只能分辨出天花板上掛著燈光昏暗的電燈，還有某個微弱地發著光的儀器。與我們同行的官員接下來發表的言論令我印象深刻，因為我之前去尼科雅灣時，那位半裸的美女也曾說過類似的話：「我眞搞不懂它為何要冒險在這種天氣出航，現在雨下得這麼大，不僅水流的力量會增強，河床也會在瞬間堆積成淺灘。我從沒見過這麼破爛的船隻，好像只要輕輕撞一下就會垮了。」自從在赫爾辛基的港口第一次看見這艘貨船鳴著汽笛駛入港口，看見它像那些偉大的失敗者一樣，擺出不可侵犯的尊嚴姿態時，我便默默地成為它的擁護者，所以他說的這番話才會深深地刺痛了我。我親愛的「翠鳥號」、各大海洋的大家長、戰勝颱風和暴風雨的流動貨船，當它沒有特別鎖定目的地，只是隨意地在世界各地的港口探險時，曾有說著不同語言的人尋求過它的幫助；而它不切實際、秘密進行的豐功偉業，這位相貌堂堂、穿著上過漿的體面制服的官員又怎麼可能會了解呢？現在它拖著有點傾斜的身軀緩緩地開到我們的面前——看來並不是因爲裝載了太多貨物的緣故，而是船體本身的壓力已經大於它可以承受的範圍——所以只要稍微被碰撞到，整艘船就會跟著劇烈搖晃，就像再也無法隱藏自己發著高燒或極度虛弱的病情。「時速才加到一半，船上的引擎卻已經控制不了推進器的速度了。」一位水手這樣解釋道，好像回應著我在心中提出的疑問般。它的船頭仍掛著破破爛爛的旗幟，活像一艘失事的船隻，又再次顯現出它的窘境。還好他們這次終於把脫落的字補上了，它的名字果然就是「翠鳥號」。不過，因爲之前可以很清楚的發現脫落的部分只容得下一個字，所以並不難猜。

我們的巡邏艇終於出發了，船上的推進器有效率且靈敏地運作著，並以最快的速度朝著千里達前進。雖然我們的船隻操作方便，速度又這麼快，卻給人一種態度傲慢，甚至高傲到令人無法忍受的感覺。不過，我並沒有多說什麼，原因很明顯，因爲人們怎麼可能會了解這些事呢？更不必指望這些衣著光鮮亮麗、把精力消耗在千篇一律的接待會和淨說些廢話的大使館午餐會上，以及爲了既沒用又無意義的外交禮節四處奔走的官員。我往下走回到船艙，寧可在還沒吃午飯之前小睡片刻。我覺得胸口有種被壓迫的感覺，心裡莫名地充滿著不安的情緒，以及一種無法具體描述的不祥預感。「翠鳥號」開進河口三角洲的影像伴隨著我進入夢鄉，給我一種安全感，它似乎有話想跟我說，我卻寧可不要猜出那是什麼。突然間，通知午餐時間的鈴聲響起，被吵醒的我一時之間分不清楚現在是幾點，自己又置身何處。直到站在蓮蓬頭下，讓溫和、略帶泥沙的水打在我的身上，才慢慢想到待會要跟旅行中的同伴談論哪些話題。

而我和流動貨船的相遇就這麼結束了。對它的回憶已經變成一連串簡單明瞭的影像，不僅令我深深著迷，也已經和我個性中最固執的部分混合在一起。它常常出現在我的夢裡，雖然出現的頻率越來越低，但我很清楚這一切永遠都不會消失。在失眠的夜裡，我回想起自己曾在某些場合，或某些和現實不符的反常現象裡看到的它，都像承受了很大的苦難。隨著時間的流逝，這些畫面會被藏在更深、更神秘的角落裡，也更少會被提起。而這就是爲什麼我們會遺忘一些事情的原因，因爲現實是靠不住的，並且具有模仿、虛假和反覆的特質，不管發生在我們身上的事情有多麼深刻，經過現實從中攪局之後，只會變得越來越奇怪。如果一直想起其中一個幾乎要被遺忘的畫面，就學者的觀點來看，會認爲這種情況十分類似於神或超自然物「顯現」的狀況：是一種有可能導致毀滅，或單純地讓我們認淸某些事實，然後繼續活下去的經驗。我曾說過我再也沒看過流動貨船，當後來再度得知它的消息時，聽到的卻是它爲何會徹底瓦解的故事。神很少會准許我們揭開過去某些塵封已久的角落，也許是因爲我們通常都沒有做好面對這件事情的準備。我不知道那些去請求神喩的人，如果得到的反而是會帶給他更多痛苦的指示，那麼他會快樂嗎？

在拜訪完奧利諾科河河口的幾個月之後，我必須長期待在一間煉油廠裡，它位於一條足以容納船隻通航、支流貫穿我國大半領土的大河的岸邊。因爲工會爆發持久激烈的衝突事件，所以我被迫在那裡停留了一段很長的時間。我的工作內容包括粗略地跟工會會員交涉，以及在地方報紙和電台上發表謹慎的言論，將公司的觀點傳達給社會大眾。在局勢平穩時，與其選擇搭飛機到首都去，我倒寧願坐船渡河而行。我搭乘的是公司的拖船，雖然船上的空間不大卻很舒適，通常後面還會拖曳著一長串裝滿燃料和瀝青的平底貨船。每艘拖船都有兩間房間供旅客使用，並且可以和船長一起用餐，而船上兩名牙買加廚娘的手藝總讓我們嘆爲觀止。菜單包括淋上用李子乾做成的醬汁的豬肉、加入椰子和炒香蕉的米飯、將剛從河裡捕捉上岸的鮮魚做成的魚湯；以及最受歡迎、風味獨特的冰鎮伏特加梨子果汁，是欣賞河上和岸邊多變的景色時必不可少的最佳良伴。多虧有了這杯具有魔力、極爲珍貴的飲料，讓我們產生了彷彿置身於一個柔軟、快樂的世界裡，而且永遠無法具體地描述出當時的感覺（値得說明的是，陶醉於拖船之旅並有機會喝到這難得品嚐的飲料的遊客們，回到陸地後一定會試著將伏特加和梨子汁混合在一起，結果卻總是令人失望。）。到了晚上，大家聚在狹窄的甲板上，希望能吹來一陣涼風，讓我們覺得涼爽一點。結束漫長的閒聊之後，我們各自回到房間休息，耳邊傳來兩名黑人廚娘發出的笑聲和流利的方言，雖然不知道她們在說什麼，聽起來卻很愉快，也有催人入睡的效果，相較之下，反而比英語聽起來更加自在。

雖然最後並沒有眞的爆發罷工事件，但是跟工會之間的交涉卻變成跟拜占廷風格的小路一樣拐來拐去的，得花上很長的一段時間。我決定到港口走一走，順便去海運公司的辦公室預訂最近一班拖船的船票。我到達那裡的時候，發現經常爲我服務的工作人員正跟一位個子瘦高、頭髮花白、髮量很多、稍微帶有法國或西班牙北方口音的男子說話，讓我感到十分好奇。

「這位船長將和您一起搭船旅行。」服務人員用介紹的口吻說道。

這名男子轉過頭看著我，露出和善又帶點嚴肅的笑容，並且用力地握了握我的手：「我是鍾・伊度里，很高興認識您。」

他臉上幾乎要被濃眉遮住的灰色雙眼露出長年在海上生活的眼神，說話的時候除了會專注地看著對方之外，同時也會把眼神投向遠方，好像是在望著他眼前某個假想的、不太確定的地平線似的。我拿到上船證明之後，便和這位在一旁等候的水手一起離開，我們來到一間已經擺好餐桌的別墅式平房，此時也剛好是用餐時間。他的步伐十分穩健，走起路來有點像軍人的樣子，雖然他在陸地上行走，但他腰部擺動的方式卻給人一種還在船上走動的感覺。我抵擋不住心中的好奇心，冷不防地問他：「船長，眞不好意思，我注意到您的口音很特別，這是我一個很難控制的缺點，希望您不要介意才好。」

他露出坦率的笑容，在黝黑的臉龐和又濃又黑的鬍子襯托下，更突顯出他有一口整齊的牙齒。「您別擔心，我能理解，而且也已經習慣了。我出生於法國北巴斯克地區的愛因歐亞，我的父母是從巴約納來的。不過因爲某些家庭因素的影響，我先在聖塞巴斯提安完成學業，然後才到畢爾包展開水手的生涯。雖然我精通兩種語言，但也會彼此干擾，所以說起來都有口音。除此之外，我的名字也常常引起別人的好奇心，在這裡的美國人都很自然地叫我約翰⑮。」

「而我，」我回答道：「我一聽到您的名字時就猜想您應該是巴斯克人。因爲我在畢爾包也有一個叫做鍾的朋友，他是個傑出的詩人。」我們一邊聊天一邊吃午餐，我發現他是典型的巴斯克人，而我向來十分欣賞他們個性中那份疏離與高貴的特質。除了這項巴斯克人特有的美德之外，也可以發現，如果有人侵犯到他的領域，他會突然變得很熱情，這是他反抗的方式。感覺上，他似乎曾經歷過但丁所描寫的地獄輪迴，只不過他遭遇的酷刑不是身體上的，而是心靈層面的，所以特別痛苦。我們才第一次見面就找到許多相同的興趣和回憶，可以想見接下來的旅程應該會很愉快。

「在愛因歐亞，」我跟他說：「我有一次想從富恩特拉比亞到波爾多時，租來的車子拋錨了，只好在當地的翁特亞旅館住上一晚，不知爲何我到現在都還記得它的名字。」

⑮鍾（Jon）的英文名即為約翰（John）。

「那是我父親的幾個表親在好幾年前開設的。」他向我說明。

發現像這樣的小細節常常會讓我們感受到彼此的眞誠，雖然不知道爲什麼會這樣，也不覺得有什麼不對的地方。就算只是簡短地分享童年中的某個景色或某個地點，都讓我們好像有了回家的感覺，而這就是我和他之間的情形：身爲水手的他，以及總是因爲不得已的因素必須遊走於世界各地的我，都是沒有依靠也沒固定住所的人，所以感覺又更強烈了。

拖船在三天之後抵達港口，要運送到軍港的平底貨船已經準備就緒。我在夜裡上船，並且一直等到走進船艙之前都沒看到伊度里的身影。我整理完隨身物品之後便走到甲板上，躺在可供遊客自由使用的帆布椅上。這裡提到的甲板其實是比較好聽的說法，因爲那是一個位於控制室上方的狹小空間，只有四乘三公尺寬，如此稱呼它其實有些誇大。從一道小樓梯爬上去之後就會來到圍繞著金屬欄杆的甲板上，欄杆被漆成代表公司形象的紅白藍三種顏色，很容易讓人聯想到法國國旗，不過現在已經沒有人會注意到這件事了。站在船上的瞭望台所看到的河流和岸邊的景色是最壯觀的，也是其他地方都比不上的。我癱在椅子上，打算好好地欣賞開船的各種細節。每當看著船隻極爲敏捷且協調地推動一大串載滿燃料的平底貨船穿越大河的彎道和轉彎處時，我總覺得它完成了一項非常艱難的任務。

就在這個時候我聽到有人爬樓梯上來，原來是伊度里。我必須承認在我被船隻啓航的操縱程序吸引了全部目光時，幾乎完全忘了他的存在。我們沒有打招呼，而是很自然地延續之前的話題，船長說：「我永遠搞不清楚爲什麼當我發現河流也會耍點小計謀的時候，會覺得有點生氣，水裡一定有類似鐵道的設備，有時會順著我們走，有時又會反抗我們的方向。這是個有點嚴肅的話題，您不覺得嗎？」相反地，我必須坦白，他的這番話反而引發了我的好奇心，甚至在心中升起了敬佩之意。而且我也覺得船隻後面還託運了十個裝滿易燃液體的平底貨船簡直就是神勇得不得了的事。「您別理我。」巴斯克船長補充道：「在海上討生活的人到最後都會變得有點古怪，在陸地上的時候覺得自己像過客，也不太知道應該好好珍惜在那裡度過的時光。比如說我就很討厭火車，用了這麼多鐵片，產生了這麼多的噪音，卻只是爲了達到一個如此……如此愚蠢的目的。不過，這僅代表我個人的意見。」他覺得陸地上緩慢、單調的生活讓他很痛苦，雖然他說話比較直，卻不會讓人覺得不舒服，而看到他如此認眞的態度，我也不禁笑了出來。我們繼續聊天，有時也會陷入一陣沉默。他提到這是他第一次搭乘一般公司行號的拖船去旅行，而且，他也從來沒爲任何一間公司工作過。而他來到這裡是因爲我們公司有一艘油船在阿魯巴港靠岸時接連發生兩次意外，保險公司委託他進行調查並撰寫一份鑑定報告，用以顯示他們對意外事故的關心，所以他必須到煉油廠去找一些防水船艙運送燃料的資料。他現在已經做完報告，打算搭乘一艘比利時的貨船到亞丁灣去。那裡有一艘專門在海灣附近的國家經營沿海貿易、運送冷凍食品的船隻，原本的船長因爲糖尿病引發休克，將有很長一段時間不能在船上服務，所以他會過去接替船長的職務。

船隻開到海港要花十天以上的時間。途中拖船必須停靠在好幾個地方，卸下部分的平底貨船，並收回已經清空的平底貨船，送回該公司位於大港口的倉庫中。其實我們兩個都不急著到達目的地。「我本來可以搭飛機，」伊度里向我說明：「但是我覺得坐船順流而下會更有趣，也更舒服。我一直很希望能像這樣搭船旅行。其實我對河流的認識僅限於某幾處河口三角洲，例如：須耳德河、泰晤士河和勒阿弗爾的塞納河。不是每一條河流都可以通行、都是安全的，不是所有的河流都如此。」我覺得他最後說的話似乎意有所指，但他卻沒辦法把它說出來，好像喉嚨突然變得很乾，彷彿被什麼東西卡住了，只能隱約發出咕噥聲。接著他沉默了好一陣子，我們才繼續聊另一個話題。

因爲有了伏特加梨子果汁的緣故，使得我們每天的旅程都十分愉快。爲了紀念我們分享了彼此對巴塞隆納酒吧的忠誠度，尤其是擁有其他店家難以望其項背的調酒技術的波阿達斯和某間位於沙沃伊的酒吧，便決定以加泰隆尼亞語將這飲料命名爲 vodka amb pera⑯，因爲我們在巴塞隆納實在擁有太多相同的經驗了。除此之外，我們曾去過同樣的地方，碰到類似的事情，都特別偏好城市的某些角落，也都喜歡希臘的安普立亞斯港，和在拉艾斯卡拉的航海俱樂部中供應的鮟鱇魚。因爲他個性中巴斯克人的特質讓我十分欣賞和敬佩，所以不難想像我們在幾天過後已經開始談論比較私人和內心的話題了。每天晚上喝完第三杯 vodka amb pera 之後，便會自然而然地說出心裡的話，並且小心翼翼

---

⑯ Vodka amb pera：即為伏特加梨子果汁。

地切入一些比較感傷的話題。我們的態度必須非常小心謹慎，因爲不希望變成向別人展示什麼，或是說出一些陳腔濫調；如此不僅對於埋藏在內心深處的不幸過往毫無助益，也只能在幾個屈指可數、不知何時會出現的日子裡才有機會和別人分享。

在一個熱到極點的夜裡，我們坐在椅子上望著在天上緩慢移動的滿月，天空裡幾乎沒有半片雲朵，這在該區算是很少見的情況。看著沐浴在月光中的水面、森林中的空地和河岸，感覺很像走進梅特林克⑰的戲劇場景中。我們很自然地聊到法蘭德斯⑱，包括它的城市、人民以及烹調的風格，最後也無可避免地談到安特衛普。基於許多原因，我非常喜愛這座城市，而且對我來說，它是最有魅力、運作起來最和諧的港口了，因爲在

---

⑰梅特林克（Maurice Polydore Marie Bernard Maeterlinck, 1862-1949）：比利時詩人、劇作家、散文家，一九一一年獲得諾貝爾文學獎。死亡以及生命的意義是他在作品中主要呈現的議題。

⑱法蘭德斯（Flandes）：中世紀時期位於法國北部的國家，包含目前的比利時西部和荷蘭西南部。

須耳德河上的交通是和緩、慢慢進行的，所以當船隻進出港口時，都像遵循著芭蕾舞劇的平衡術一樣。如同前面所說，我們已經對彼此敞開了心扉，而此時伊度里突然提到的一件事也特別引起我的好奇心。

「我在安特衛普，」他對我說：「碰到了讓我的命運產生大逆轉的人。一位是身兼船東和商人身分的黎巴嫩人，和他大部分的同胞一樣的能幹和瀟灑。另一位是船東的合夥人兼好友，我不知他來自何方，只知他常常不遵守道德約束，會在貿易種類繁多的地中海上搶生意。我們三人剛好到同一間印尼餐廳用餐，但是店裡供應的東方菜卻讓人倒盡胃口，完全無法引發食慾。因爲我們碰巧在同一時間抱怨該店的服務有問題，最後便決定一起走到一間簡陋的小飯館吃點比較正常、食物種類較多的比利時菜。沒想到這個決定卻讓我的命運產生了無法想像的大逆轉。」

「怎麼會發生大逆轉呢？就貴國的民族性而言，我不覺得您們有哪一個人的身上會發生九十度的大轉變，因爲這不符合巴斯克人的民族性。老實說，您們都是反抗者，並不會聽命於人，不過卻常常因爲自己的法律而送命，或在自己出生和從年輕起便學習職業技能的村落裡老死。」事實上，看到像伊度里這麼典型的巴斯克人竟然會發生巨大的轉變，讓我覺得有點奇怪。

「您不相信是吧！因為生命中的驚喜總在不知不覺中成長茁壯，也不曉得何時會冒出來，重點是我們根本察覺不到它已經慢慢接近了，所以我們應該隨時做好準備。說眞的，像我這樣一個堅持只跑熟悉的航線，避免自己去闖蕩或冒險的人，最後卻變成一艘看來醜陋無比、隨時都會沉沒的流動貨船的合夥人和船長。」

我突然想起了一件事，便轉而詢問我的朋友，而我充滿好奇的語氣也引起了他的注意：「那艘船原本停在安特衛普，而您就是在那裡開船的嗎？這些四處闖蕩的貨船在進港時有哪些規定，以及在碼頭靠岸時必須達到哪些標準，想必您應該都十分清楚才是。」

「當然不是，不是在安特衛普，」聽到我發表了有限的航海知識，他的臉上又恢復了笑容，老實說，我知道的也僅止於此。「他們是在亞得里亞海把船交給我的，說得更明確一點是在波拉。我相信您一定看過這艘船，因為它殘破不堪的船身已經變成一種特殊景觀。而且它登記的船名聽起來有點夢幻和誇張，是取自一種出現在神話中、會把鳥巢築在海中央的鳥類的名字。另一個含意則是宣稱自己的婚姻生活比天神宙斯和希拉還要幸福快樂的夫妻，就看您喜歡哪一個解釋。」

聽到這裡，我的背脊突然感到一陣涼意。當出乎意料之外的巧合發生時，常常讓人覺得無法忍受，因爲我們無從得知、也無法用常理去推斷支配它們的是哪些規則。現在的我只能勉強擠出幾個字，而我的聲音也洩露了驚慌失措的情緒：「您的船是『翠鳥號』嗎？」

「是啊！」伊度里極爲好奇地看著我。

「我擔心的是，」我說：「到這裡，我心頭的謎團終於能串連成一個圓圈了，它已經占據了我太多的時間，我在醒著的時候幾乎都會一直想著它，甚至連睡覺時也常常會夢到它。」

「我實在聽不懂您在說些什麼？」伊度里像貓一般皺起灰眼珠上方的眉毛，雖然沒有散發出半點威脅感，卻透露出防備心和渴望得到答案的感覺。

我有點倉卒地描述之前和「翠鳥號」相遇的情形、它對我的意義爲何，以及最近一次在奧利諾科河河口碰到它時，我突然非常同情起它的遭遇。伊度里聽完沉默了好長一段時間，我也沒有繼續解釋些什麼。我們都必須重新審視才剛剛建立起來的友情，以及出現了這個不可思議的巧合之後不斷浮現在我們腦海中的畫面。在我以爲今晚的話題應該就要結束時，卻聽見他低聲地說：『阿索阿德吉號』。那艘巡邏艇叫做『阿索阿德吉號』。我的天啊！命運實在太難捉摸了！我們居然會天眞的以爲自己可以任意的控制它，沒想到只能在黑暗中摸索，到最後的結果也都是一樣的。」雖然他看似屈服於命運的安排，卻表現出和格微度⑲一樣的尊嚴。他的口氣十分自然，似乎想把一切引導至正常的軌道上，好讓自己好過一些。

他繼續說：「也就是說，這艘破破爛爛、好幾年來一直連船名都不完整的流動貨船，竟然曾經和您近距離接觸過，並且讓您如此著迷，這點您跟我是一樣的。不同的是我的生命已經穿過了這條縫隙，並且逃逸得無影無蹤了。過去的我很清楚自己想過怎樣的生

⑲格微度（Quevedo, 1580-1645）：西班牙十七世紀最優秀的散文作家之一，具有最可貴的堅毅精神。曾擔任奧蘇納公爵的財物秘書長，也曾流浪街頭乞討維生，晚年更身陷牢獄之災，一生大起大落、漂泊不定。

活，現在卻只剩下一具空殼。並不是因爲我失去了所有，而是因爲我失去了唯一値得讓我繼續和死神打賭的籌碼。」

聽見他以悲傷的語氣提及自己在很久以前似乎有樣東西被奪走了，我竟天眞地說出下面這些無關緊要的話，試圖安慰他：「我想，像我們這樣選擇漂泊度日的人，最後似乎都會落得如此下場。」他又看了我一眼，好像把我當成一個在餐桌上胡亂發言的小孩，因爲年紀還小所以不跟我計較。

「不，」他糾正我說：「不是這樣的，我指的是某種像船難一樣會讓所有東西都沉入海底、把一切都帶走的大災難。到頭來只剩下回憶繼續吐著細絲，讓我們不停地回想起自己曾經失去的王國。既然您和『翠鳥號』的命運是如此地靠近、如此緊密地結合在一起，那麼告訴您故事接下來的發展也是很自然、很公平的一件事。但是我今天卻做不到，再過幾天吧！我會把所有的故事都說給您聽。我們偶然在拖船上相遇，又因爲這件事突然把距離拉近，我得花時間稍微消化一下才行。看來，我們從很久以前就一起旅行了，只不過距離相隔很遠就是了。」

我點了點頭，想不出任何可以補充的話，因爲他也說中了我心中的想法。我們在控制室上方的甲板休息了一下子，聽見裡面傳來午夜報時的鐘響，又過了很久才各自回房休息。而在互道晚安時，我發現我們說話的語氣已經變得不一樣了，因爲在我們流浪漂泊的生活中已經開啓了另一段全新的、不同的旅程，我們之間也因此產生了類似兄弟般的感情。

晚上，我又夢到了流動貨船，而且都是一些快速閃過、毫無時間順序的畫面。這艘陳舊的大船總是帶著難以理解的徵兆出現在我的夢裡，我的心中也慢慢累積了一些模糊的、不安的情緒，以及某種無法形容、說不出來的罪惡感。天亮了，淸晨的第一道陽光穿過氣窗上的薄窗簾打在我的臉上，我彷彿看到剛剛漆上亮眼、鮮明顏色的「翠鳥號」出現在我的面前。它的船身是赤紅色的，有點像是乾掉的血跡，甲板則是柔和的米黃色，而在船艙，船員所使用的甲板以及船橋上還多了一些天藍色的條紋。煙囪是米黃色的，上面也漆上了同樣的條紋。「誰會把船漆成這種顏色！實在是太愚蠢了。」在還沒完全清醒，仍處於半熟睡狀態的時候，我的腦海中突然閃過了這句話。而我們的拖船也在這個時候開始往岸邊開去，最後停靠在一個小村莊旁。村莊裡大部分的房子都在屋頂上鋪上稻草，只有少數幾間鋪了薄鋅板，感覺當地似乎籠罩著悲慘的氣氛，也讓人覺得不太舒服。在一間應該是軍營的建築物上掛著一面正有氣無力地飄揚著的三色國旗，更加突顯了天氣的悶熱。兩架塗成灰色的卡達麗娜海軍陸戰隊的飛機被拴在不甚牢固的木質碼頭上。

「這裡是拉布拉塔。」此時剛好經過我房間門口的領航員向我解釋道：「他們在不久前和住在荒地上的居民發生爭執，我們運送一艘柴油機救生艇給他們，不過我們之後馬上就離開了。」老實說，這個地名和說明對我來說沒什麼意義。

我走回房間沖涼，打算待會和巴斯克船長一同吃早餐。剛好這時候聽見附近的船艙傳來嘩啦啦的水聲，原來他也在沖澡，聲音聽起來有點像是正在蓮蓬頭下做健身運動。發現這個細節讓我特別感動。在嘩啦啦的水聲中，我回想起以前住在布魯塞爾的寄宿學校時也會在早上沖澡，心中因而產生了一種親近和熟悉的感覺。當冷酷無情、難以理解的命運從中干預時，就會將所有的線索串連在一起。

吃早餐的時候，我們很簡單又快速地吃了塗上奶油的烤吐司，喝了一杯茶，聊了一些關於港口、飛機，以及永遠都是波濤洶湧的河水等無聊的話題；通常這些東西到最後都不會跟我們的生命產生任何關聯。而我們兩個人都各自把自己的未來寄託在另外一個地方、另外一種氣候和另外一個民族的身上。但那個地方到底是哪裡呢？我們卻都沒有確切的答案。

幾天後，我們在河上的旅程已經快要接近尾聲。由於泛濫的河水覆蓋了附近廣闊的沼澤地和熱帶低濕地叢林，河水幾乎每天都會淹過岸邊的陸地，也很難確認河床原本的位置。就算駕駛員已經從自己父親身上學到許多技巧，是個經驗豐富的老手了，但在順著河流開往大海時，還是會隨時保持警戒，有時甚至會避免在夜晚出海。因爲要是在熱帶低濕地叢林和小湖中迷路的話，就代表著船隻很有可能會失事，對乘客和船員也會造成極大的危險。無情烈日照在無邊無際的海面上所反射出來的強光，常常會弄瞎領航員的眼睛。還有些船隻上的旅客會被烈日灼傷、被昆蟲囓咬，也有些人會餓死或渴死。如果後面還拖著十個平底貨船，其中有幾個是空的、另外幾個則裝滿煉油廠的商品，而且必須把它們完整無缺地送到港口的話，難度就會增加很多。而在夜晚將船停下來，找一個應該很靠近河床原本位置的岸邊停泊，是石油公司裡每位拖船船長一定要遵守的規定。

當我們越來越靠近河口三角洲時，天氣也變得越來越炎熱。船員在控制室的屋頂上，也就是有椅子可以坐的地方，搭起了巨大的蚊帳，看起來跟沙漠中的帳篷一樣顯眼。因爲船上的馬達到了晚上會關掉，冷氣也不能使用，當然不可能睡在船艙裡。所以，我們兩個人就在不知不覺中改變了在船上的作息：當白天拖船在行駛時，我們在睡覺，到了晚上則待在甲板上的蚊帳裡，等待黎明的到來。

伊度里在這些永無止境的夜晚裡說出了他的故事。由於我曾見證了「翠鳥號」和船長生命中的幾個關鍵時刻，他才願意對我卸下心防，與我分享這個讓人感動的秘密。「這是我第一次也是最後一次說出這個故事，您之後大可把它告訴別人，這並不重要，也與我無關。事實上，鍾・伊度里這個人已經不存在了。他以這個名字在世界各地遊走，始終生活在陰影的籠罩之中，不過，現在已經沒有任何事能夠再影響他了。」他說話的時候沒有半點悲傷的語氣，也幾乎沒有表現出失敗者的樣子。他用第三人稱的方式描述著自己的遭遇，好像只是在課堂上講解某項化學公式似的。他連續說了好幾個晚上，我只有偶爾想要確認事情發生的地點、增加準確性，以及強化我們之間共有的回憶時才會打斷他的話。他在敘述時不會離題，也不會巨細靡遺地描述任何細節，甚至有時會陷入長時間的沉默狀態。那時的他看起來就像剛從海裡浮出水面，趁著還沒再度潛入深海之前大口地呼吸空氣，每當此時我都會特別留意不要打斷他的沉思。雖然他的故事一開始跟多數船長曾經歷過的一樣，都與做生意有關，還是值得細說從頭。命運在一開始的時候就已經著手編織了一張大網，並且認爲靜觀事情如何爲其操控是一件很有趣的事情。

曾跟伊度里在安特衛普一起用餐的那兩個人——一位黎巴嫩人和他的合夥人——在他們相遇的三天後到伊度里下榻的旅館來找他。來自貝魯特的船東動作慢條斯理，談吐文雅而不媚俗。由於那天船東對他留下良好的印象，在展開一番調查之後，發現他是一位風評很好的船長，便特地前來與他洽談生意。船東的朋友兼合夥人當時也在場，雖然他好像沒有參與黎巴嫩船東的提議，卻扮演著類似家庭成員的角色，會在洽談生意時適時地提出有用的建議。船東問道待會可以三個人一起去吃個飯嗎？伊度里有點不安地答應了邀約。巴斯克船長接下來針對他們兩人的個性做了一番描述。黎巴嫩船東的名字是阿巴杜・巴舒爾，不管是在安特衛普還是歐洲其他港口的商界、海關和銀行界等都很吃的開。的確，他的興趣和活動範圍是比一般人廣泛，但這些與他原本船東的身分相比，卻都像是陪襯性的角色般，稱不上專業、專精。這對於生活在地中海東岸地區的人民、黎巴嫩人、敍利亞人和突尼斯人來說是很正常的一件事。由於伊度里已經漸漸習慣他們的特性，所以不會覺得很驚訝或者有被打敗的感覺。至於另一位合夥人，巴斯克船長從來不曉得他的眞實姓名爲何，只知道他會在別人叫他加比耶羅的時候做出回應。巴舒爾和他相處的時候看來十分親近且毫無保留，每當談到和海上貿易或在世界上各個偏遠角落的貨船生意相關的話題時，這位合夥人都會聚精會神地聆聽著。不過，巴斯克船長還是搞不清楚，究竟加比耶羅是他的綽號、姓氏，或者只是因爲他年輕時做過這個職業而留下來的稱呼⑳。他是個不多話的人，有著獨到且犀利的幽默感，在交友方面非常小心和敏感，同時熟知各種讓人意想不到的職業。他不是貪好女色的人，但有時候會迅速地跟巴舒爾打暗號，而後者只是稍微牽動一下嘴角作爲回應，便給人一種比較女性化的感

⑳加比耶羅（Gaviero）：在西班牙文中是桅樓瞭望員的意思。

覺。

在繼續敍述船長的故事之前，我應該先簡單的補充一下。在他提起巴舒爾和加比耶羅這兩個名字時，我覺得自己必須跟他坦白，說出自己其實常常聽到巴舒爾的名字，而且透過加比耶羅才得知的。其實，我從許多年前就開始收集與後者相關的秘聞和故事，所以他很像是我的一位老朋友。我和那些喜歡聽到特立獨行、異於常人的生活方式、以及就算處在這個愚昧的世界裡也不會隨波逐流的人一樣，把這項收集當成某種興趣。但我同時又想著，如果讓他知道我跟加比耶羅之間的關聯，他很有可能會對我產生不信任感，或者拒絕說出巴舒爾和加比耶羅的故事，所以我決定不要把它說出來。而在巴斯克船長說完他的故事之後，我發現我的決定是對的，因爲他似乎沉浸在一個已經被永遠地埋葬起來的過去裡，如果他不能將它放下，便會陷入永遠不能回頭、也無法改變的黑暗世界裡，所以就算我眞的說出來也無濟於事。而我之所以會隱瞞自己和他的兩位合夥人間的關係，還有另一個原因，便是擔心要是再出現第二個巧合，會讓這位難以敞開心扉的巴斯克船長對我產生懷疑與不信任。畢竟太多的巧合很難不讓人多做聯想。好了，現在就讓我們把注意力轉回「翠鳥號」船長的身上吧！

雖然他們的提議很簡單，不過，就如同他之前曾經提到的，因爲他向來只跟大型貨運公司做生意，總是避免和旅途中充滿波折和不確定因素的流動貨船打交道，要是他接受了，就表示必須打破自己的原則。他們的提議是讓他擁有跟公司另一位合夥人相同的權利，來經營一艘重達六千噸、有寬闊的船艙和兩台起重機、此刻停泊在波拉修船廠裡的貨船。雖然船上的機器設備從來沒有大規模的整修過，但大致上都保存的很好。巴舒爾的妹妹瓦妲剛從一位叔叔那邊繼承了這艘船，由於她很想擺脫由家族成員共同經營的事業，這艘船所帶來的收入正好可以幫助她達成心願。阿巴杜沒有多解釋關於瓦妲的事，不過，比起她的兩位姐妹和眾多的兄弟來說，瓦妲的思想顯然強烈地受到歐洲的影響。對於自己的妹妹想要獨立，阿巴杜並不會惡意看待，只是希望她不要危害到巴舒爾家族的生意。最後在扣除所有的花費和稅金之後，伊度里將能獲得一半的營收。這是一件很有趣的生意，不過伊度里覺得在做出決定之前應該先確認兩件事：去看看這艘船的狀況，以及跟它的女主人談一談。當他說出最後這句話時，他感覺到加比耶羅有點擔心的看著他，但他眼中流露出來的似乎不只是擔心而已；好像暗自衡量著像他這樣一位外來客——隸屬於一支獨特、未知的民族，來自周圍有高山環繞的小村莊——和她碰面之後會產生何種化學變化，所以事先產生了好奇心。加比耶羅眼神中透露出來的訊息應該、也肯定是預告了我這位旅途中的同伴的命運。如果把巴舒爾合夥人透露出某種徵兆的眼神解讀成「你等著瞧吧！」，似乎是比較合理的推論。

巴舒爾接受了他的請求，而伊度里到波拉的費用也將由流動貨船的主人支付。由於伊度里必須到安特衛普去處理一些未完成的事，所以他們約好一週後一起出發去義大利。伊度里決定趁這段時間收集巴舒爾和他的合夥人的相關資料，其實調查的結果我之前已經提過了。鍾·伊度里有一位經常相約打撞球，交情還不錯的朋友在西法銀行當經理，以下為他對這兩個人做出的簡短且公正的評語：「仔細聽好了！他們都是會遵守承諾的人，也會在時間內完成約定好的事項。他們經常一起處理事情，但不是每次都會遵守法律規定。加比耶羅那傢伙和一位來自第里雅斯特的女人有染，而她剛好也是巴舒爾的情人，但這件事卻沒有影響到他們的感情。這位女士總會針對資金計畫提出大膽和出人意表的想法，甚至到了極度瘋狂的地步。不過，他們卻將事業經營的很好，最後總能笑著坐擁成果。我不認爲巴舒爾其他兄弟的個性也跟他一樣極端。他們比較理智而且嚴肅，但如果牽扯到利益關係時，還是會表現出無情的一面。至於他妹妹的事我就不太清楚了，因爲到目前爲止他們似乎都把她藏在背後。您也知道伊斯蘭教徒是怎麼一回事，如果她想擺脫他們的掌控，一定得具備鋼鐵般的意志力才行。建議您還是親自過去一趟，觀察那邊的情況，並且和她談一談比較恰當。」

伊度里的確這麼做了。爲了記下他說過的話，我必須盡最大的努力來還原他記憶中的片段。關於在「翠鳥號」上遇見瓦妲這件事，他並沒有提供可以特別強調的元素，所以很有可能會流於浪漫小說的形式，充滿無意義和俗套的情節。我不能擅自編造故事內容，也不能把糟糕的、不合邏輯的部分拿掉，只能用相同的筆法幫他做潤飾的工作。而我也將試著把我朋友的故事完整地呈現出來。

因爲義大利當地有一半的地區爆發罷工事件，他們花了將近兩天的時間在火車月台上等車和換車，所以抵達波拉的時候已經是晚上了。巴舒爾和加比耶羅因爲想睡在船上，決定到碼頭那邊去，船長則傾向於留在港邊的旅館休息，他也想盡快跟「翠鳥號」的主人單獨談一談。鍾整個人癱在床上，他睡得很熟，直到隔天早上九點才醒來。一打開窗戶才發現他的房間正好面對著碼頭，只要穿過街道就可以走過去了。他看著在碼頭上裝貨和卸貨的船隻，卻感受不到他即將擁有或即將部分擁有的船隻就在其中，這時才想起船隻之前曾被送進修船廠進行小規模的整修。當他下樓時，巴舒爾和他的朋友已經在街上等他了，他們一邊在旅館的大門口散步，一邊專注地談論著跟此行沒有任何關係的話題。「這兩個狡猾的人，」他心想：「他們應該掌控了更多比這艘貨船還要複雜和不正當的交易吧！我可不想與他們爲敵。」他們很熱情地跟他打招呼，然後一起往碼頭的方向走去。伊度里表示從自己的房間看出去並沒有看到那艘船。「它就停在這艘專門跑第比利斯旅遊線的瑞典船後面。」加比耶羅解釋道，但巴斯克船長卻覺得他的話中帶有些許諷刺的意味。

他們繼續往前走，而在越過這艘純白無瑕的遠洋大船之後，的確就會發現「翠鳥號」以非常疲累的姿勢停靠在碼頭邊。縱使已經做過小規模的整修，仍掩蓋不了因長年航行於氣候和緯度不佳的地區在它身上留下的痕跡。雖然巴斯克船長很清楚那些歷史悠久和帶著顯著傷痕的船隻應該是什麼樣子，但這艘船的情況顯然比他之前看過的還要糟糕。他頓時覺得有點畏縮，心想要是開著這艘破船往返於各個港口間，不知道會不會有人託運貨物？又能做什麼生意呢？在民族性的驅使之下，他決定保持沉默，表現出強硬且難以捉摸的態度。那兩個人延續著街上無關緊要的話題，他則不發一語地跟著他們上船，隨後進入一間應該是船長室的地方。剛剛油漆完的房間和大致擦亮的金屬器具都在他可接受的範圍裡，但是那張床、那兩張笨重的桃花心木椅，還有一張被兩個鉸鏈固定在牆上、為了節省空間可以舉起來的小桌子，卻絲毫沒有美化的作用。屋裡的每樣東西都有歷史的痕跡，營造出類似博物館的氛圍。很明顯的，這艘船應該是在第一次世界大戰之前打造的。床邊的小五斗櫃上方有一張發黃的構造圖，就是這艘船的平面圖，巴舒爾把它取下之後攤在桌上，接著開始跟有可能成為他妹妹合夥人的巴斯克船長講解船隻的構造。「我們等一下會去參觀儀器室、船艙以及所有您想看的部分。如果沒有特別的原因，我們希望您可以盡快做出決定。雖然這艘船的外表看起來不太樂觀，會讓人以為沒辦法載送多少貨物，不過這些都是假象，它的承載力還是很高的。」伊度里心想：無論去到哪裡，地中海東岸的人瞎扯的功夫還眞都是一樣高明啊！並開始專心地研究船隻的構造圖。此時，從門口照進來的光線突然變暗了，原來是有人正站在門邊往裡面看。當他抬頭一看，卻連一句話都說不出來，也完全無法用言語描述眼前所看到的一切。加比耶羅則是促狹地看著他，分不清是基於好意還是等著看好戲，彷彿無聲地對他說：「你等著瞧吧！」

巴舒爾的妹妹瓦妲的目光依序掃過他們。她的視線從船長開始，最後停留在阿巴杜身上。「她實在是太美了。」我試著重組那天晚上巴斯克船長在大河上說的話：「她的身材高䠷、面貌姣好、帶著地中海東岸、甚至是古希臘人的完美比例。烏黑、慧黠的大眼睛似乎總凝視著遠方，不太可能會露出匆忙的神情和明顯的情緒波動。一頭烏黑中帶點深藍色、如蜂蜜般濃順的秀髮隨意地披散在肩膀上，十分類似於被收藏在雅典博物館裡的青年雕像的髮型。她的臀部窄小、身型優美，修長的雙腿略顯圓潤，看起來也很像出現在梵蒂岡博物館的維納斯神像。站在門邊的她所散發出來的女人味沖淡了屋子裡的陽剛氣息。而她豐滿、堅挺的胸部和窄小的臀部更襯托出她的好身材。她穿著淡褐色的打摺裙和古典風格的絲質上衣，披著一件羊駝呢料的藍色外套，脖子上則圍了一條印著綠色、紅色和咖啡色菱形圖案的絲質圍巾。她似乎刻意模仿歐洲人的打扮，但我卻覺得她的穿著比較接近西方人的風格。她的唇形很美，但嘴唇略爲突出，在露出微笑時眉毛也會跟著挑動，雖然眉毛又濃又黑，卻不會破壞臉部五官的和諧。『先生們，早安。』她用法文向我們問好，絲毫沒有掩飾自己的阿拉伯口音，讓我覺得特別可愛。她的聲音低沉、語氣堅定，有時會不自覺地變得有點沙啞，甚至會給人一種慾望跳動的感覺，是美中不足的地方。她親吻了她哥哥的面頰，但似乎只是爲了表示禮貌，而非基於家人之間的感情。對我們則是有力地握手示意，不過她刻意把手臂伸長，似乎想和我們拉開距離。」

我想，我有必要提醒讀者，上面提到的一連串類似博物館裡的告示牌說明都是我加上去的，因爲伊度里只說了類似「她長得就像羅馬時期的雕像。」或者「很像收藏在雅典博物館裡的青年雕像。」然後就開始描述他們是如何參觀船隻的各個角落，瓦妲又是如何巨細靡遺地教他認識機器的相關事項、貨倉的容量以及起重機的功能等。她在三位男士的陪伴下不停地走動著，雖然她的步伐相當堅定而穩健，卻絕對不會被誤認爲是體態強健的運動選手。

「她具有標準地中海東岸人民的特質。」伊度里澄清說：「她對西方生活和潮流的追求，並不是爲了改變自己民族特有、基本的文化特質。不只如此，當我越來越了解她之後，我發現她不僅相當滿意自己的身上的阿拉伯血統，甚至還十分引以爲傲。」

他們回到船長室之後，瓦妲提議移師至她投宿的旅館大廳繼續討論。「在那裡談事情會感覺比較舒適，也可以一邊喝點飲料。還是船長想再看看這艘船的其他部分嗎？」鍾突然興起一個想法，他很想像年輕的學生一樣講幾句奉承的話，例如：「這裡除了您之外沒什麼好看的。」但是他馬上打消了念頭。不過他還記得這件事倒是很有趣。取而代之的是以下的回答：「不用，這樣就夠了，我們現在就可以離開。」不僅簡潔有力，也遵循了巴斯克優良的傳統，並完美地展現了應有的禮節。他發現瓦妲會不時地用感興趣而非好奇的眼神打量著他，因爲她的未來將有一大部分必須依靠他才行，所以她正衡量著這個男人的專業能力。離開時，伊度里讓瓦妲先行下樓梯，後者則對他報以一笑，這讓他注意到她的牙齒很整齊，顏色是偏象牙白的色澤。在刻意搭配的服裝襯托下，她的膚色則是淡淡的、柔和的小麥色。

「她的笑容是一種肯定的表示。」鍾用一種嚴肅又帶點感動的語氣對我說：「同時也代表著她認可我在航海和個人方面的才能。不過，應該也是因爲我的態度認眞誠懇以及長相比較特別，她才會覺得很滿意吧！對我來說，這位結合了不可思議的美貌、堅定的智慧和強烈的個性，以及爲了擺脫民族和家庭的光環所加諸在她身上的束縛所展現的決心，都徹底征服了我。我們來到瓦妲在波拉投宿的旅館大廳繼續之前的討論，那裡的空間不大，但風格十分高雅。雖然這對兄妹不是虔誠的伊斯蘭教徒，偶爾還是會遵循古蘭經的教義，所以在點飲料的時候都選擇了果汁。由於我之前跟阿巴杜一起喝過含有酒精的飲料，現在看到他因爲妹妹的關係而不喝酒，讓我留下深刻的印象。加比耶羅點了加冰塊的金巴利酒和杜松子酒，我也一樣，完全忘了自己向來不在中午前喝酒。除了這件事之外還出現了其他的徵兆，讓我清楚地意識到自己的某個部分將因爲瓦妲的出現而有所改變。那就是在還沒有考慮清楚，也沒有想太多的情況下就答應了巴舒爾所提出的協議。時至今日，我仍舊無法明確地想起合約中的條文，唯一清楚記得的是關於船隻必須以商業的角度來經營的議題。雖然阿巴杜的妹妹很少發言，但她提出的卻都是決定性的意見：『我希望您不要運送任何會帶來風險的貨物，也應該盡量避免跟保險公司和海關當局打交道。』她在說話的時候很明顯的將目光投向加比耶羅和自己的兄長，似乎意有所指。而他們兩人只是互看了對方一眼，笑而不答，想必在這方面具有相當豐富的經驗。我永遠不會忘記瓦妲提出的另一項嚴格的條件，原因您稍後就會知道了。瓦妲的條件是：『我希望能親自監督、定期檢查船隻貿易往來的營運狀況。所以，要麻煩船長您跟我保持聯繫，讓我了解船隻的路線圖，我也會讓您知道我們要約在哪一個港口碰面。當然，所有關於船隻的維護、全體船員的合約以及翠鳥號的航程等事項，您都享有全然的自由權和絕對的自治權。』」

伊度里當下就接受了這個職務，至於這一連串的經歷有什麼特別的含意，以及這份工作可能會賦予他哪些責任，他並沒有想的太清楚。他們也同意必須盡快去波拉的港務辦公室辦理註冊手續，以及在公證人面前修改協議的內容。瓦妲是第一個站起來向大家告別的人，她說自己剛從維也納坐夜車過來，在糟糕透頂的火車上待了一整晚之後，現在只想稍微休息一下。當她和伊度里握手時，她露出有點認眞又帶著笑意的表情對他說：「我相信『翠鳥號』將會擁有一位優秀的船長，而您則多了一位不會給您惹麻煩的合夥人。請您告訴我，您的父親或母親是英國人嗎？」

「不，」他覺得很有趣，因爲他知道她爲什麼會提出這個問題。「我的祖先都是巴斯克人，而且幾個世紀以來都居住在同一個地區。如果您是因爲我的名字才產生疑問的話，那只是一個單純的巧合。和伊尼吉這個名字一樣，鍾在巴斯克也是十分普遍的名字，但它和英文名不同的是在書寫時會省略h這個字母。」

「很好，」她說：「我會記住的。我之前提到您的名字時都會加上h，是我弄錯了。」

鍾只單純地搖搖頭表示他並不在意。

他們三個男人留下來修改了合約的某些細節之後，便到位於港邊的一間酒館吃飯。用餐期間唯一的話題便是在海上的見聞，而且幾乎都是加比耶羅在發言，他在這方面的經歷似乎多到怎麼說也說不完。「而我對巴舒爾合夥人的第一印象也徹底改觀了。」巴斯克船長解釋道：「我發現自己受到民族性和省份情結的影響，對他存有偏見，以至於無法在初次見面時就感受到他熱情的個性、豐富的涵養以及多采多姿的人生經歷。我從來不知道他的國籍爲何，也不確定他眞正的姓名該如何發音，只記得聽起來有點像蘇格蘭語，但他也有可能是土耳其或是伊朗人。我後來才知道他拿的是塞浦路斯的護照。不過這也不能代表什麼，因爲他曾暗示我不要相信他的證件是眞的。」

巴舒爾和他的朋友隔天便返回安特衛普。瓦妲表示只要跟鍾一起簽完相關文件，她也會回到維也納。就在巴舒爾離開的隔天，伊度里帶著他的行李來到船上，像個住宿生一般仔細地整理他的船艙。他不知道要在這裡待多久，而根據合約上的內容看來，應該不會少於兩年。有人在港口的辦公室介紹四名技師和一位水手長給他，他接下來要跟他們一起開會。然後他來到碼頭的入口處，因爲大門上往往會貼有正在找工作的水手名單，他希望可以藉此找到其他船員。當他正在瀏覽其中一份名單時，突然聽到背後傳來瓦妲・巴舒爾的聲音，因爲她幾乎是靠在他的耳朵旁說話，讓他嚇了一大跳：「我向來不太相信這些名單，不過也有可能是我太多疑了，就讓您決定吧！」他有點驚慌失措的回頭看著她，他發現這個女孩換了一套衣服，而她的美麗又再度讓他說不出話來。她穿著一件樣式簡單的棉質洋裝，上面印著像用彩色鉛筆畫上去、大朵大朵色彩豐富的花朵圖案，外面同樣披著一件米黃色的毛料長外套。

爲了不要冷場，他勉強擠出了這句話：「我還以爲您已經去維也納了。」

瓦妲則回答道：「您認爲我在還沒跟自己的合夥人道別之前就會離開嗎？再說，我們也還有事情要討論。您今天晚上已經有約了嗎？」

「沒有，我晚上剛好有空，您想去哪裡吃飯呢？」想到有機會可以單獨跟她吃飯，他的心中頓時充滿了期待和好奇心。「我不知道您是否喜歡海鮮拼盤這道料理？我倒是有點膩了。在您旅館後面的街上有一間南斯拉夫的酒館，如果我們約晚上八點在那裡吃飯可以嗎？」他忍不住提議要去她下榻的旅館接她。

「您眞是太客氣了，不過我很淸楚在獨處時該如何保護自己，也很喜歡一邊散步一邊欣賞大街上爲數不多的商店櫥窗。但是我的這項堅持卻激怒了不少男人。」

瓦妲說出的話常常讓伊度里在不知不覺中用非常客套的方式回答，至少他心裡是這麼想的。他本來打算說出自己一點都不在意，甚至覺得她的想法很可愛。但他善於觀察的天性卻讓他打了退堂鼓，終究沒有把它說出來。當瓦妲跟他、阿巴杜和他的合夥人說話時，總是帶著不容侵犯的語氣，所以他們也不會刻意去討好她，或對她大獻殷勤——雖然很多女人都喜歡這一套。於是鍾只跟她確認了自己會在約定的時間出現，而她則像往常一樣跟他握手道別。鍾發現自己已經無心繼續搜尋水手的名單，便回到船上把一些工作交代給阿爾及利亞籍的水手長。雖然這位水手長看起來很兇，其實個性十分溫和，做起事來也是不急不徐，所以深得他的信賴。伊度里把招募船員的工作交付給他，希望至少能找齊第一次出航所需的人員。他想先去漢堡，因爲他在那裡有一些從事咖啡買賣生意的朋友，或許會交給他一些貨物，讓他運送到北歐或某些波羅的海的港口。

當他抵達餐廳時發現她已經到了，便挖苦地說出從旅館到這裡的路上似乎沒有多少特別的櫥窗可以欣賞。「這裡不僅無聊透頂，也沒有任何像樣的東西，什麼都沒有，這是一座沒有活力的城市，只有不小心走到這裡的避暑旅客才會喜歡它，待在這樣的地方很容易讓我情緒低落。」伊度里心想，在教育巴舒爾妹妹的過程中，一定讓她的家人大傷腦筋。晚餐已經非常美味了，沒想到酒的風味更好，那是喝起來有點辛辣、散發著淡淡天然水果香味的波士尼亞白酒。他們聊到漢堡、未來的計畫以及如何保持聯絡的方法。她把自己在馬賽的郵政信箱號碼寫給船長，告訴他不管她人在哪裡，他們都會把他的來信送到她手上。他問她是否計畫要去很多地方旅行。「我會這樣問是因爲收信的關係，」他解釋道：「並不是爲了其他的原因。」

「您說的其他原因是什麼呢？」她用挑釁的語氣問道。「我說的就是好奇心，單純和簡單的好奇心，通常男人的好奇心比女人還要旺盛。我們只是比較會僞裝而已。」他也以同樣的口氣回答。

她說自己正好想告訴他一件跟這個話題有關的事：「一直以來，我的生活都受到我的兄姐的控制，不過，這和您想像中的伊斯蘭教家庭不太一樣，最嚴格的不是我的兄長，而是我的姐姐，她們也非常認眞地執行這項任務。我小時候還聽得進她們的訓斥，但是我現在已經二十四歲了，不僅變得無法忍受，甚至還覺得很荒謬。我的兩位姐姐都結婚了，她們是很典型、很順從的女性，會假裝自己對丈夫的生意很有興趣，也會負責照顧小孩和打理家裡的事務，並且一心期盼著我也能遵循她們的腳步。有趣的是我從以前到現在都不會反抗些什麼，也許就某方面而言，我也想過著和她們相同的生活，但前提是那必須是由我自己選擇，而且不能違反我的興趣和喜好；雖然我還不太知道那是什麼，但是我希望等我在巴黎、倫敦和紐約小住的時候，能夠把它弄清楚。我非常喜歡看書，也熱愛繪畫，不過我只喜歡欣賞而已，因爲我沒辦法畫得很好看。基於以上的原因，我希望您不管爲了任何理由，都不要透過我的家人跟我聯繫，也不要跟他們牽扯在一起。如果您有一天在街上碰到他們任何一個人，也絕對不要提到我的旅行計畫。其實我沒有什麼好隱瞞的，但是如果我留下這條線索，他們一定會循線跟來，也不會讓我做自己想做的事。我不希望您認爲我只是一個在趕反抗風潮的女孩子。我必須再次說明雖然我是一個很冷靜的人，但偶爾也會被過分的、誇張的或奇怪的言語所激怒。就算遇到某些看似不會改變的事物，我也不會一直堅持下去，因爲，世界上沒有任何一件事是永恆不變的。雖然我的年紀很輕，但已經足以讓我證明這件事。也許您會覺得我花了這麼多時間在自己身上是一件很奇怪的事，不過，由於我相當了解自己的同胞，我自己又處於嚐試和學習的階段，才會希望他們不要干預我的生活，至少現在是這樣。我這樣說似乎有點誇張。」對於她想要獨立的想法，伊度里當然承諾會為她保密，甚至冒險說出自己覺得這是一個明智的、不容反駁的計畫。他相信像她這樣的女孩到歐洲之後，一定會得到充足且有用的經驗，而她的許多思想和習慣也會徹底地改變。她趕緊說明這並不是自己的原意，她也不想改變很多目前生活中已經存在的東西。「讓我們這麼說好了，我其實是個保守的人，但是我希望可以自行決定要保留哪些東西，不必詢問別人的意見，也不必徵求他們的同意。」

鍾感到十分驚訝，因為瓦妲談論自己時所表現出來的那種聰穎客觀的態度，不僅沒有表露出絲毫的柔弱，甚至就她的年紀和應該十分有限的人生歷練來說，口氣似乎有點太過絕望了，至少他是這麼想的。她身上所散發出來的某種特質開始吸引著巴斯克船長，那是一種混和著沉穩、與生俱來的自信，以及心平氣和地看待自己和自己的未來的特質，當它們具體地在她身上展現出來時，雖然還沒有深深地打動她的對話者，卻已悄然留下一抹芳香的氣味縈繞在他的心頭。而她這些外顯的特質並非經過刻意的設計，也不是如曇花一現般的一掃而過。這所有的一切都是透過她美麗的臉龐，以及那具有均衡完美體態的身軀，自然而然流露出來。伊度里心想，在今天以及之前幾次的對話中，看到他的臉上總是交織著驚嘆、懷疑和迷惑的表情，她一定覺得很有趣，而他自己則是只要一想到這點就會忍不住臉紅。他打從一開始就被瓦妲的美貌和平穩的個性吸引，而它所帶來的影響和結果也越來越明顯，越來越明確。雖然這麼說似乎有點誇張，也太過強調她的影響力，不過鍾的世界的確變得不一樣了。當出現了瓦妲這號人物時，這個世界就已不再是他向來認爲的那個樣子了。他再過幾天就即將滿五十歲，但周遭的一切卻突然變得很混亂，變得和以前完全不一樣，也很難解釋清楚。愛情就如同手裡拿著做有記號的撲克牌在對局一樣，現在若把它拿來形容他們之間發生的變化似乎顯得太過於單純且膚淺。可以確定的是某種異樣的情愫已經開始萌芽，只是到目前爲止仍無法具體的描述出來而已。

在沒有特別提議、也沒有誰強迫誰的情況下，他在走出餐廳後便陪著她回到旅館。到了說再見的時候，她露出愉快的笑容，並以帶點調侃的語氣說道：「好了，我的船長，我很快就會接獲您的消息的，別忘了我的未來還掌握在您的手中。」瓦妲從旋轉門進去之後，他還出神地望著門口好一陣子。

回到船上後，他和衣躺在床上，試著回想她的每一個表情和每種說話的語調，對於他這樣一個來自充滿著巫師、智者、戰士和航海員的民族的人而言，相同的情況要是發生在過去，他絕對不會這麼輕易就被影響，但如今他卻彷彿喝了迷魂湯似的，爲她心神動搖。

待在沼澤區的那些夜晚，天空中總是佈滿著微微發亮的星辰，很適合讓鍾．伊度里細說從頭。在描述的過程中，我明顯地發現他越來越壓抑自己的感情，可惜的是當我現在打算整理敍述這個故事時，卻無法重現他當時的語氣。船長十分著重於描述瓦妲．巴舒爾的美貌，但由於重覆性太高，到後來變得有點像是陳腔濫調一般或是單調乏味的歌曲。看著他極力擠出有限的字彙，試著去描述一個美到難以形容的女人，卻總是表現出辭不達意的樣子，反而讓我覺得很感動。例如，不管那女孩在哪一個場合出現，他總會很努力地形容她當天的衣著打扮。也許鍾只是換了一個思考的角度，以爲自己只要能單純地把注意力放在她的臉部表情和身材上，可能就不會浮現出另一個令他迷惑、無法捉摸甚至感到厭煩的影像了。不只如此，受到巴斯克人保守和難爲情的民族性的影響，他接下來面臨的問題是無法確切地描述自己和瓦妲之間的感情，以及他們是如何發展出親密關係的過程；除了上述的原因之外，也因爲他是典型的海上男兒，不太知道該如何應付在陸地上生活所會遇到的種種陷阱和窘境。而我也將試著以最直接、最簡潔的方式來呈現鍾在沼澤區的夜晚裡向我傾吐的那一段動人心弦的故事。

在漢堡接收了一批咖啡的商品，以及要運往格地尼亞和里加的笨重備用機器設備之後，他又到基爾載送一批要運到馬賽的貨物，也依照約定將行程告知「翠鳥號」的合夥人。有趣的是，雖然流動貨船的外觀不太討人喜歡，跟巴舒爾之前在安特衛普所描述的樣子有些出入，但在出海之後，他已經漸漸感到習慣了。雖然船上的機械是本世紀初期打造的，而且運轉時會斷斷續續地發出不規律、似乎像在抱怨的聲響，但在細心且認眞的保養之下，實際情況其實不像所聽到的那麼糟。應該重新油漆的船身、幾乎攻佔了每個角落的氧化物以及慘不忍睹的外觀，都是可以修補的缺陷，而他也打算找一個適當的時機將它好好整頓一下。雖然起重機運作起來沒什麼大問題，可常常因爲動作太過緩慢，使得狀況不甚穩定，這讓碼頭上的卸貨工人大爲光火，但卻又從沒完全失靈過。鍾漸漸感受到自己對這艘船的肯定，也變得很討厭聽見他的船員或碼頭上的人群對它大肆批評，有些是以訕笑的方式，有些則是直接表達怨氣。每當發生類似的情形時，他的內心深處便會興起這樣的念頭：要是他們也認識這艘船的女主人，他們的臉上會是什麼表情？又將會如何看待「翠鳥號」？肯定跟現在完全不一樣。

他抵達馬賽時收到瓦妲簡短的口信，表示她隔天才會到達當地，上面並未提及她會搭乘哪種交通工具，以及打算下榻在哪間旅館。隔天中午，天氣十分晴朗，天空中連一片雲也沒有，當鍾頂著六月天的豔陽忙著卸貨時，看見她出現在樓梯下方。她搭計程車過來，她一下車，司機便馬上將車子駛離，繼續尋找下一位乘客。瓦妲態度親暱地向他揮揮手，讓他有點受寵若驚，接著她快速地爬上搖搖晃晃的階梯。他穿著襯衫，頭上少了幾乎不曾拿下來的船員帽，由於起重機每隔一陣子就會停住不動，讓他有點分心。她看起來十分耀眼，他很驚訝的發現每當她換一套衣服時，他就會再次驚豔於她的美貌，彷彿這是他們第一次見面似的。「我眞想砸爛這台壞事的起重機。」他跟我說：「因爲它害我沒辦法專心地接待來訪的美麗貴客。在這樣的情況下，機器卻彷彿在報復我的怒氣一般，無論如何都不肯順利運轉，這似乎又更加突顯了我的笨拙。後來水手長走過來幫忙，我才把監視機器的工作交給他。」瓦妲提議到加尼畢耶區的餐廳吃飯，店主人是他們的同鄉，也認識她的兄長。「去那裡的話我可以給您兩樣保證，就是實實在在的好酒，以及馬賽納元帥在此停留時特地爲他準備的魚羹㉑，至少店主人是這麼說的，他們認爲馬賽納是第一次世界大戰中的元帥。您可千萬別糾正他們的錯誤，因爲這樣會大大的影響魚羹的風味。」出發前，鍾很快地沖過澡、換過衣服，她則在甲板上等候著。

那間餐廳眞的很特別。佐餐酒是前年出品的迪城·克雷耶特白酒，雖然帶有果樹和泥土的氣息，味道卻十分爽口，也不會蓋過食物的香味，而是讓它自然地在口中蔓延開來。鍾簡短地向瓦妲報告他的工作內容以及獲得了多少利潤，但成績並不耀眼，差不多

㉑馬賽納元帥（Masséna, 1758-1817）：法國的軍事將領，曾在法國革命戰爭和拿破崙戰爭期間立下輝煌的戰績。但第一次世界大戰爆發於一九一四年，所以是店主人記錯年代了。而店裡供應的魚羹（Bouillabaise）則為兩種以上的魚加上蛤、貝和蔬菜等食材調味煮成的菜餚。

就是瓦妲之前預估自己獨立生活所需的金額。他們這一次談話的氣氛顯得相當自然且熱絡，這是以前從來不曾發生過的。在第二次見面的此刻，他們似乎都在對方的腦海中留下了鮮明的影像，並且建立起一個共同的區塊，雖然沒有特別提起，但確實是發生了。

鍾問起在這幾個月的歐洲之旅中，她獲得了哪些經驗和結論。「我會這麼問，」他澄清說：「是因爲我覺得您對這次的經驗懷抱著很大的希望，爲了不要對您造成負面的影響，我才會選擇什麼都不說。您是相當聰明的人，相信在接觸到歐洲世界時，就算碰到阻礙也可以無所畏懼，繼續前行。而到歐洲去似乎就代表著一個人仍保持著敏銳的觸角，也不會以觀光客的眼光來看待事物。當然對您們來說，歐洲是一塊新興大陸，雖然跟美洲有點類似，感覺上卻有思想的多了。還是我說錯了嗎？」

「是的。」她笑著回答說：「您完全弄錯了。我不知道您爲何會認爲我比一般人聰明。總而言之，我們還是帶著天眞的想法抵達了歐洲。然而，我們在許多年前也發現到，有些在歐洲學得的習慣和想法在我國境內根本就派不上用場，反而只是讓我們在年華老去之時突覺疲累與精力耗盡之感罷了。不過，如果您想知道我對歐洲的想法，我只能說我開始覺得有點失望了，而且強度還會持續增加。我感覺到自己的歸屬之地似乎位在另外的空間環境和別種氣候裡，但又不知究竟在哪裡，目前也還無法解釋清楚。不過，我絕對不是突然思念起我的國家或文化，只是我目前試著在歐洲觀看和吸收的每件事，似乎都是我早已熟知的，而且還讓我覺得很無趣。也許身為水手、沒有任何依靠的您會覺得答案其實很明顯。但我是眞的感到疑惑，還希望您能為我指點迷津。」她的眼裡閃爍著淚光，熱切地注視著伊度里，期待著他的答覆。

「我很清楚該怎麼回答她的問題。」巴斯克船長對我說：「但我也注意到我們說話的時候，已經不只是像老朋友一樣，而是更像同舟共濟的夥件了。有一種不太確定的感覺正在滋長著，也代表著我們之後的對話方式將有所不同。晚餐喝下的白酒稍稍褪去了彼此的防衛心和疑慮，而我們之間的交情也漸漸有了轉變。回想起第一次見面的情形，我們都覺得當時的自己好陌生，卻沒有把這種感覺說出來。我們不需要多說些什麼，至少不必直接點出這項轉變，重要的是我們都心知肚明，這樣就夠了。在當時的情況下，要是繼續繞著瓦妲最為人所知的『歐洲經驗』打轉是沒有用的，更何況她對此一點都不感興趣。我告訴她，我覺得最重要的是請她繼續保持自由意志和開放的心靈，如此，她想要的答案、經歷和轉變也會自然而然地出現；『翠鳥號』也會努力的賺錢，支持她進行自己的『情感教育』。而向來個性十分平穩的瓦妲在聽到這個措辭時輕輕地皺了眉頭。我解釋說，比起單純的愛情，它所涵蓋的範圍其實要廣泛得多。她聽完後突然向我吐露心事，也代表著我們已經開始寫下屬於彼此的故事了。『我知道您的意思。』她對我說：『關於您提到的**單純的愛情**，其實我已經經歷過了，而且以我的年紀來說，我的經驗也比您想像得還要多。您別太相信伊斯蘭教在這方面的教條限制是有用的。在我的生命裡曾出現過幾個男人，雖然我並不後悔，但這之中卻沒有任何一段感情是值得留戀的。說到這裡，讓我們回到我的**情感教育**吧！我還指望您能幫我呢！』我說出她其實一直都知道該怎麼做。『但我不知道的是，』我補充道：『一個像我這樣五十歲的人是否能給您有用且具有建設性的建議。』『您已經提出了有用的建議，而我也已經牢記在心裡了。』這是她第一次明顯地、高興地對我投以調情的眼神，讓我覺得自己就像隻從屋頂上掉下來的貓一樣，完全不知道發生了什麼事，也不知道自己身在何處。

「我們離開黎巴嫩的餐廳時已經超過午夜十二點了，她突然攔住了一台計程車，有點匆忙地向我道別，她說：『由於我在旅途中完全無法闔眼，現在只想回旅館補眠。我想碼頭應該就在附近，對吧？』事實上，碼頭比她的旅館還遠，但我卻不想點破。很明顯地，她並不想繼續我們之間的話題，似乎是想抗拒某種正在兩人之間急速發酵的化學反應，又或許只是後悔自己的一時衝動，亦或是聊得太深入、氣氛變得太過親暱了吧！她坐在車裡，又特地搖下車窗詢問我在馬賽之後打算去哪裡。『我會去達卡拉接收一批貨運到亞速群島，那裡也有貨物要運送，然後再到里斯本去。』『那我們就在里斯本見面吧！』她說話的時候刻意張大了雙眼，好像發現了這座城市某個充滿魅力的地方，而大爲讚嘆一樣。」

伊度里點頭表示同意她的提議，然後在路邊攔下計程車載他返回碼頭。當他一邊計算著小費、打算付錢給司機時，他完全肯定又十分強烈地感覺到自己已經墜入情網了。「就像個學生似的。」他說：「像個可憐兮兮、毫無招架之力、不知所措又擔心害怕的學生一樣，我已經很多年沒有這種感覺了。」他整晚翻來覆去無法入睡，結果換來隔天整日的頭痛欲裂。

要出發去達卡拉的時候正好碰上夏季常有的暴雨，船隻就像在地中海裡徹底地洗了一次澡。他心想該是重新粉刷「翠鳥號」的時候了，但是這個想法卻讓他感到羞愧，因為他的老主顧相當信任他嚴謹的做事態度，也想要幫助他，所以已經預訂了接下來一整年的生意，他根本沒有時間做這件事。由於在達卡拉的裝貨工作有點被耽擱，超出原本預期的時間，所以抵達亞速群島時已經是秋天了。他想起瓦妲曾說過想在秋末去參觀俄羅斯東正教的偉大殿堂，例如扎格爾斯克和諾夫哥羅德等地。他眞希望在抵達里斯本之前就能見到她，而這個想法也讓他感到很痛苦。他的心中又充滿了睽違已久的情感：一心想要早日得到幸福，卻又在等待的過程中變得越來越無法肯定。這個小型的煉獄讓他睡意全消，神智異常清醒，只好起來工作。他的胃好像被一個要命的重物壓住似的，完全不想吃東西。從亞速群島到葡萄牙首都的旅程變得痛苦萬分，有時候甚至會懷疑自己是不是發燒了。他很無意義的想著，以自己五十歲的年紀，早在許多年前便認為不會再有類似的經驗，現在眞的有點害怕會陷入死胡同裡，擔心冒險在裡面橫衝直撞的結果，只會得到一個冷冰冰的拒絕做為獎賞。當船隻進入塔霍河的河口時，他就像任何一個坐在公園板凳上等候情人到來的少年一樣，心跳得飛快。

他沒有收到任何的留言，所以就決定先去拜訪一些客戶，安排將橄欖油和精緻的美酒運去赫爾辛基的相關事宜。秋天在不知不覺中過去了，籠罩在悲傷和昏暗氣氛中的里斯本，十分符合法朵㉒歌曲中所描述的情境，而觀光客去酒館的時候也都會假裝自己很喜歡這些樂曲。當他筋疲力盡地登上一艘接駁船，準備回到貨船上時，他發現自己好像感染了某種回歸線地區的疾病，此刻正在身體裡作怪。他對「翠鳥號」也完全失去了興趣，而遠遠地看到流動貨船停在海灣中央、等著進入碼頭時，它那醜陋的外表也突然讓他大為光火，甚至覺得很厭煩。當他正要步下駁船時，聽到遠方有一個女人在叫他：「鍾！鍾！等等我！」原來是瓦妲正沿著通往港口的街道跑過來。她穿著米黃色的長褲和紅色上衣，手裡不停地揮動著淺咖啡色的毛衣來吸引他的注意力。而他就這樣一動也不動地呆愣在碼頭上，心中頓時洋溢著幸福的感覺。

瓦妲來到他身邊時在他的臉頰上親了一下，看到讓他魂縈夢繫的臉龐，他卻沒來得

㉒法朵（Fado）：葡萄牙最著名的傳統音樂，fado 一字源自拉丁文，意思是指「命運」。通常以吉他伴奏，配上歌者滄桑的嗓音，總讓人感到悲傷悽涼。

及輕輕貼上她稍微出汗的臉頰做爲回禮。女孩不發一語地勾起船長的手，帶著他往市中心走去。他們穿過七月四日大道，沿著阿烈克靈街往前走，她提到在高地區附近的狹窄巷弄中應該還有營業中的酒吧。

「我以爲您已經出發去參觀東正教的神聖殿堂，所以不會過來了。」

「因爲這裡出現了比參觀神殿更重要的事，所以一定要先過來一趟。」她意有所指地看著鍾，而他臉上微窘的表情則讓她覺得很有趣。伊度里跟大部分的巴斯克人一樣，非常不擅長掩飾自己的感情。

「我們在一間酒吧裡坐下來，以嚴肅的態度慢慢地傾訴彼此的感情。我向她坦白說，如果她沒有出現的話，我打算到澳洲去，在那裡從事沿海貿易。」這麼多年過去，我仍記得鍾對我說出這些話時，他的聲音有多麼絕望，也和他正直、嚴謹的個性形成強烈的對比。他已經不太記得談話的內容。瓦妲還是一如往常的平靜、穩健、洋溢著青春氣息，也一樣地散發著抵擋不住的魅力。她提到他身上的某種特質已經盤據了她的心頭，這是她從未有過的經驗，所以她現在只想待在他的身邊，打算把所謂的歐洲教育先丟到一旁。這就是她想要的方式。她認爲他們將來不可能在一起，而且她也不在乎，因爲她只想要體驗這一切，就像此刻呼吸到的空氣一樣，只想活在當下。鍾結結巴巴地提出他們在年齡、國籍和習俗方面的種種差異。瓦妲則是聳聳肩，以相當肯定且具有遠見的語氣回答道，其實連鍾都不相信自己剛剛說出口的違心之論，所以根本不需要在意。當時是傍晚六點，他們已經喝了好幾瓶的綠酒，吃了好幾盤新鮮度和味道都不怎麼樣的炒魚。接著，他們裝出很自然的樣子走進位於利伯代德大道的旅館，鍾是以瓦妲丈夫的名義登記的，並且在搭電梯到房間休息的時候刻意緊緊地摟著她，由於他們抱得太緊，電梯裡的服務人員忍不住回頭了好幾次，確認他們是否還在呼吸。他們進門之後便開始脫衣服，任由衣物從門口一路散落到床邊的走道上。

「我們慢慢地、仔細地、一次又一次地做愛，就像不知道明天會發生什麼事一樣。瓦妲已經事先提出明智且正確的見解，她看出我們之間不僅沒有繼續發展的可能性，也充滿了無法克服的阻礙，所以她才會希望好好把握現在的每一刻。而我呢？就如同我在酒吧裡說過的一樣，我也不知道最後會有怎樣的結果。於是，感到絕望的我們也不得不屈服了，只希望能透過對方的身體來尋求一些慰藉。裸著身子的瓦妲渾身上下似乎散發著一種不可思議的光輝，而光輝的來源則是她完美比例的身材、吹彈可破、略微溼潤的肌膚、以及她迷人的表情，當我在床上低頭看著她時，甚至覺得她的神情感覺有點像德爾菲的女祭司㉓。這是很難去解釋和形容的一件事。我有時甚至會覺得其實自己從沒看過這樣的表情。我曾有好幾次試圖尋死，但是只要一想到這個畫面也會因此而隨之消失，就馬上打消了念頭，而這也是唯一能夠阻止我付諸行動的理由。」到此，敘述著過往的伊度里似乎面臨了一道關卡，他正陷入了埋葬著最痛苦的回憶的絕望深淵裡，所以沉默了很長的一段時間。

「整整三天，」他接著說：「我們都待在里斯本的旅館裡，沒有踏出房門一步，那

㉓德爾菲（Delphi）：位於希臘的一處聖地，為古代最馳名也最受尊崇的神諭遺址，因為當地有一處地表裂縫，會不時噴出神祕氣體。與這溢出的氣體有關的各項預言，都是由一位為確保貞潔而永遠都只有五十多歲的女祭司，向世人發佈。她所發佈的神祕預言既具權威性卻又曖昧不明，在冥冥中強而有力地左右著人類的行為與國家的命運。

裡變成了我們的世界，只輪流做著以下兩件事：幾乎不講話、安安靜靜地做愛，或是互相交換青春時期的秘密或對這個世界的發現。瓦妲十分著迷於水手的生活，但是在我的航海生涯中，實在沒有多少東西可以告訴她。我的工作十分單調，每天做的都是一些乏善可陳的例行公事，除了天氣的變化以及在旅程中不斷更迭的景色之外，不曾發生過任何例外。我現在已經無法重現當時的談話內容了。只記得因爲她的個性很好，所以我們談到很多事，氣氛也非常融洽。而在談到一些奇聞軼事和令人驚訝的事情時，也讓我們有機會去檢視、去體會自己對於這個世界和對於民族的看法。如同我之前提到的，瓦妲具有女預言家的特質，她可以行走於現實與夢境之間，就像夢遊者一樣踏出堅定的步伐，這個時候她看起來就跟《天方夜譚》裡的任何一位精靈一樣，是個十足的東方人。」

由於船隻在啓程之前得先處理一些海關方面的事情，所以鍾也必須回到船上。他透過旅館的電話談妥了將貨物運送至赫爾辛基的合約，並且會從那裡接收另一批裝滿紙張而且非常重要的貨物，再運往維拉庫魯茲。在他處理這些事情的時候，瓦妲都陪在他的身邊。因爲她一直很謹慎、很好奇地跟著他，並且認爲那些程序非常的不可思議，讓伊度里忍不住笑了出來。他們都不願意指出必須分離的時間，而當那一刻來臨的時候，她只能試著以自然的口氣跟他說話，卻沒有成功：「我會在赫爾辛基的碼頭迎接您的到來。」鍾向她解釋說，爲了更換馬達的零件，他必須先去漢堡一趟，但是通常修船廠都很忙，所以至少要花上一個月的時間，等他到達赫爾辛基的時候，當地的氣溫可能是零下好幾度。「等您確定哪一天會到的時候就通知我，我會在港口等您。」瓦妲個性中的肯定和毫不猶豫的特質也是吸引鍾的原因之一。以下爲套用他的話來形容瓦妲：「她就像我的家鄉愛因歐亞地區的已婚婦女一樣的有智慧，卻擁有愛神芙羅黛蒂的身材。對一個命運悲慘的男人來說實在是太奢侈了。」當我們進入這一段故事時，他又陷入長時間的沉默狀態，也許是他開始吐露心事的這幾個夜晚以來，停頓最久的一次。

「從現在開始，」在我以爲他應該不會再開口、應該打算回船艙休息時，他卻開始跟我說話：「我跟您的故事產生了交集。我必須向您坦白，我驚訝的不是您和『翠鳥號』的相遇，因爲這樣的巧合是很容易解釋的。事實上，眞正讓我非常好奇、促使我說出自己的故事則是爲了另一個巧合。這點讓我非常不安，因爲我聽到的時候，還以爲您來自某個秘密團體，正向我傳達一個神祕的信號。因爲您和『翠鳥號』的每一次相遇，碰巧也是我和瓦妲的愛情產生決定性、重大的里程碑的時候。我們當然也有其他美好的、値得紀念的階段，但是如果把發生在赫爾辛基、旁塔亞雷納、金斯頓以及奧利諾科河的河口三角洲等停靠港的事情串聯起來，就會變成一個重要的指標，代表的是我們之間產生決定性的發展、或是再也沒有任何交集的時刻。所以，我現在只剩下兩件事還沒告訴您，便是在『翠鳥號』上面發生的遭遇，以及當您和這艘老舊、殘破的大船不期而遇時，它的兩位主人的感情狀態。您是唯一有權知道這些事情的見證人。雖然我永遠沒辦法解釋清楚，不過就某方面而言，我覺得您也算是最重要的主角之一。」

然後伊度里開始敍述船隻在漢堡整修的細節。由於義大利發放的許可證已經過期，也無法更新，他便在當地的宏都拉斯領事館幫船隻註冊。當流動貨船抵達赫爾辛基時，剛好碰上寒冷的冬天，那時的氣候我在第一次遇到它的時候就已經描述過了。瓦妲確實遵守了她的諾言。船隻靠岸後，她和港務人員一起上船。她以握手的方式跟船長打招呼，然後趁著官員們在船橋審查文件時躲到船艙裡休息。當伊度里終於擺脫他們回到船艙時，發現瓦妲已經躺在床上，神情嚴肅地盯著天花板，並且在看到巴斯克船長時緩緩地露出微笑。船艙裡開了最強的暖氣，房間裡混合著牙膏、刮完鬍子後使用的花露水、以及某些加了皮套的用品的味道，所有的物品都像在軍營裡一樣擺得整整齊齊的，是很男性化的空間。「別露出這樣的表情，快過來吻我吧！船隻停靠在赫爾辛基的這段時間我都會待在船上，我想您應該不會有異議，也不會相信關於船上有女人的迷信或其他愚蠢的想法，對吧？」伊度里表示自己對於這項安排沒有任何異議，而且流動貨船的船長通常都會帶著妻子，或假裝是他的妻子的女朋友一起旅行。如今多了一個女人要住在這裡，他只擔心房間不夠舒適，空間過於狹窄，以及缺少她生活所需的用品。但是比起住在赫爾辛基當地任何一間號稱北歐最舒適的豪華旅館裡，她顯然更想留在「翠鳥號」上。不過，他們也可以選擇去飯店休息，不要待在既簡陋又不體面的船艙裡。瓦妲說出好幾個爲何如此堅持的原因。「首先，」她說：「我受不了北歐人，他們很像用破布做成的木偶，還會擺出人類的動作，讓我覺得很害怕。我曾經在這裡住過一段時間，在吃的方面，不僅是食物，連飲料也難以入口。而且他們十分熱愛新教徒的教義，認爲世人都犯了罪。您想像一下，這對生長在貝魯特的人來說有什麼意義呢？」其次，她很想跟他一起在船上生活，很想看著他忙著幫船隻裝貨、卸貨時的樣子，因爲那是她從來不知道的鍾。「我已經帶了合適的衣物過來，您不必擔心，我會過的很好的。」她趕在她的朋友還沒反駁之前先說出這番話。最後一個原因是她十分嚮往跟他一起去港口附近的酒吧和小餐館，應該會比待在飯店裡面還要輕鬆愉快，因爲那裡只會讓她產生錯覺，還以爲加州的殯儀館被搬到北極地區了。瓦妲的想法惹得伊度里很開心，而他也讓她知道這件事。接下來他們會先到航管處拿回她的行李，再回到船上。

在里斯本的時候，他們之間的關係是很樂觀和確實的，這也影響了他們在赫爾辛基的生活，他們的感情似乎已經發展到極致，甚至覺得以後再也不可能像現在一樣。由於床鋪十分狹窄，不管是一起睡覺或在上面做愛都像是表演雜要一般，常常讓他們忍不住笑出來。他們的感情漸漸穩定了下來，並且協議好不要去想之後會要承擔什麼結果，也不要做出關於未來的承諾。

「我們都很清楚如果繼續走下去，最多只能維持目前的狀態，沒有別的選擇。而最重要的是不要試著去改變現狀，也不要讓別人從中干涉。操控權在我們的手上，不需要再討論，因爲這個話題不僅很無聊，而且一點用都沒有。」當她明確地表達了自己的看法的同時，他們正在一間小酒館裡用餐，餐桌上是事先預約好的馴鹿肉，在烹煮時會加入生長在苔原地區的植物，灑上芬蘭的冰伏特加，再加上胡椒和生薑增加香味。他們很喜歡這家位於港邊的小酒館，在極小的空間裡擺了六張桌子，正中央有一個巨大的瓷磚煙囪，由兩名上了年紀、笑容滿面、只會說芬蘭語，並且擅長於安排出菜順序的女服務生在張羅著。鍾看到她一杯又一杯地喝著裝在小杯子裡、冰鎮後看起來像是流動緩慢的糖漿的伏特加，他說出他們第一次在飯店的酒吧裡見面時，她和她的哥哥阿巴杜都沒有喝酒。「您已經明確地指出，」她以嚴肅和正經的口氣解釋說：「我和大部分的伊斯蘭教徒都會有的問題：我們表面上會屈服於一些我們已經習慣去服從的規定，也會忘記某些眞的很重要的事情。」鍾說出自己觀察到她正毫無節制地喝酒，她則發表了反駁的意見，當他日後想起時，才發現那就像是她初次發出的警訊，只不過他那時並沒有注意到：「沒錯，我的確是喝下伏特加又跟信仰耶穌基督的人發生關係，但是隨著時間的流逝，我覺得自己和歐洲的距離越來越遠，也對它失去了興趣。我反而越來越了解我那些不會讀書也不會寫字、會去麥加朝聖、從沒喝過酒、並且甘願忍受沙漠的折磨的同胞們。」

結束赫爾辛基的相聚之後，他們還是繼續在勒阿弗爾、馬迪拉群島、維拉庫魯茲以及溫哥華等地碰面。瓦妲已經習慣在船隻停靠在港邊時和鍾一起住在船艙裡。她幾乎不曾到城裡造訪，就像在芬蘭的首都時一樣，把時間都花在港口的餐廳和酒吧。通常瓦妲走進這些地方時都會引發類似的情況。當她出現在門口時，所有的顧客都會靜下來看著她，室內的氣氛甚至讓人覺得有點危險。然後便會傳來陣陣耳語，直到他們兩個專心的聊天，不去理會周遭的環境時，耳語才會停止。而一些無法抗拒瓦妲美貌的人只好假裝看著報紙，並不時用眼角的餘光偷看她。對於人們的注視，她幾乎每次都會做出一樣的反應，這也讓鍾覺得很有趣。她會有點臉紅，會更專注地跟她的朋友講話，似乎想要擺脫別人對她的好奇心。除此之外，他發現她表現的很自然，完全沒有意識到自己引起了什麼樣的騷動，好像那是發生在另一個世界的事情，跟她一點關係都沒有。

他們一直遵循著第一次在里斯本同床共枕時定下的規則，也找到了彼此之間的幽默感、用來溝通的暗號，以及彼此溫存的方式，似乎這麼做就能趕跑任何跟未來相關的承諾；關於這點，他們最多只會約定下一次要在哪個港口碰面。這樣的關係持續了一年，直到伊度里抵達了旁塔亞雷納。

他跟瓦妲約好在那裡見面，然後一起航行到加勒比海去。因爲他在附近的小島上有一些老朋友，才有機會接到路短程、待遇好、貨物又方便運送的工作。船隻抵達哥斯大黎加的碼頭時，他發現倚在繫纜繩的木樁旁的人不是瓦妲，而是阿巴杜·巴舒爾。「事實上，」鍾告訴我：「看到瓦妲的哥哥出現我並不怎麼驚訝，雖然這裡離他經常作生意的地方很遠。以我對地中海東岸人民的了解，他們遲早都會想要調查自己妹妹的生活，這是該民族向來的原則，就算他們有人受到歐洲文化的薰陶，還是會有同樣的想法。雖然阿巴杜感覺上有所保留，還是表現出熱誠的態度。他上船後跟著我走過貨倉和機械室，基本上對『翠鳥號』都算滿意。當他提到船隻的油漆剝落得很厲害時，我也做出了解釋。如果把它送到任何一間修船廠去油漆的話，至少會損失一個月的收益。如果請船員在旅途中粉刷的話，一定得多找一些人才行。但是這兩種情況都會明顯地降低經濟效益，也勢必無法支付另一位合夥人應得的利潤。我已經跟瓦妲解釋過這件事了，但她卻沒有表示意見。巴舒爾以好奇和饒富興味的眼神看著我，因爲他在聖荷西有兩位經營咖啡烘焙機生意的客人，有一些事要處理，便趁著貨船還在裝貨的時候邀請我陪他跑一趟。我們在城裡吃完午餐後，我應該可以趕在傍晚前回到旁塔亞雷納，而他則會搭乘當晚的飛機，從聖荷西飛到馬德里。在跟水手長交代一些事項之後，我便跟著巴舒爾一起到首都。很明顯的這只是藉口而已，他眞正的目的是趁著我們都坐在車裡的時候，詢問我跟他妹妹之間的關係。事實上，當我們開著從機場租來的汽車時，我相當感激他以非常小心、甚至很客氣的語氣提出他的疑問。在繼續我們的對話之前，我覺得有必要確實地表明自己的立場，儘管聽起來有點殘酷。瓦妲和我都認爲只要能夠維持現狀就可以了，我們都可以自由地做出決定，也不能提出任何要求或懷疑對方，這是已經達成的共識。巴舒爾顯然十分高興聽到這番話，並且針對他的中東同胞們會如何看待這些問題，以及如何致力於女性地位的解放提出了自己的看法。雖然這些事我早就知道了，還是表現出很專心的樣子，因爲我覺得這似乎只是他想用來干涉我們感情的藉口。然後他提起瓦妲的個性眞的很特別。不久之前的她似乎比她任何一位姐姐都還要聽話，當接觸到西方世界的知識時，她看起來也是最沒興趣的那一個。不過，由於她是三個女生當中最沉默寡言、最小心謹慎、最有想像力和最感性的一位，所以阿巴杜認爲她會渴望去體驗歐洲的生活也是很自然、很合理的。他似乎對我有相當程度的信任，並以透露秘密的口吻對我說，他覺得瓦妲終究會回到黎巴嫩，並且會變成家族中最虔誠的伊斯蘭教徒。而他接下來的話也將大大影響瓦妲和我的命運：『只要翠鳥號還存在的一天，您們兩人的感情就不會消失。』我聽完只覺得頭皮發麻，沒有發表意見。我知道巴舒爾是對的，在我發現他妹妹不再單純地把我當成合夥人的那一刻起，其實就已經明白了這一點。他說的話就像是無法上訴的判決一樣，也早就已經牢牢地盤據在我們心頭很長的一段時間了。我沉默了好久，只想出以下的回答：『是啊！也許您是對的，但眼前的我們也確實覺得有必要維持兩人之間的感情，所以您剛剛提到的就算不了什麼了。』巴舒爾聽完不置可否地聳聳肩，接著改變了話題。

「我陪他到聖荷西談生意，再到瑞亞斯班加斯吃午餐，那是一間氣氛融洽的餐廳，並且提供了絕佳的視野，可以一覽坐落在山谷中的城市的美景。餐廳試著用不同的方式來烹煮向來風味獨特的加利西亞菜，但不是每一道都很成功。我送巴舒爾到機場之後才向他告別。他伸出一隻手向我握手致意，另一隻手則拍拍我的肩膀，用非常誠懇的語氣對我說：『船長，請把這艘船當成您的守護天使，好好的照顧它。祝您好運！』」

伊度里回到旁塔亞雷納時，瓦妲已經在船艙裡安頓好了。原來在阿巴杜出現沒多久之後她也到了，她遠遠地看見他們站在船橋上，特地等到他們離開了才上船。「我猜想他可能會來，所以想讓您們單獨談一談。我和有著俠義心腸的阿巴杜向來感情很好。他的個性中帶點苦行僧的性格，可以是冷酷的商人，也可以是標準的好朋友。阿巴杜、來自第里雅斯特的女人和加比耶羅已經在一起好多年了，加比耶羅更宣稱要是阿巴杜去麥加的話，一定會被擄走，並且有機會在有生之年就很榮幸的被神化為聖人。」

船隻在隔天進入加勒比海海域，航向巴拿馬。鍾接下來說的話喚起了我的記憶，他說瓦妲曾提及在他們離開旁塔亞雷納的港口時，曾和一艘遊艇交會而過，船上一位穿著暴露無比的比基尼女郎好像說了幾句西班牙文。鍾很慶幸她的朋友聽不太懂那女人說的話。等回到聖荷西之後，他要做的第一件事便是告訴她巴舒爾曾提到的判決，也就是把他們的愛情和流動貨船的命運結合在一起那件事。雖然瓦妲不是迷信的人，卻很相信宿命論，如果她知道比基尼女郎曾質疑流動貨船能否順利抵達巴拿馬，一定會聯想到她哥哥說的話，並且會把它當成不祥的預兆。「幸運的是，」他對我說：「編織著大網的命運比我們想像中仁慈，不會常把網子收得太緊。」

船隻停留在加勒比海的時候，瓦妲發現那裡和東方世界極爲類似，讓她聯想起許多事情。「辛巴達一定也曾經來過這裡。」她曾讚嘆地這麼說。島嶼型的氣候、豐富的植物種類、盛開的花朵、民族的大熔爐等，都和地中海東岸地區的情況十分雷同，也令她陶醉不已。他們在接下來的半年走遍安地列斯群島以及岸邊的港口。在瓦妲陶醉其中的同時，有兩件事也變得越來越明顯，並悄悄地刻畫在他們的心裡。一是流動貨船的船體已經漸漸受到損壞，另外則是可以很清楚地感覺到瓦妲的疲倦，隨著她對加勒比海地區越來越熟悉，心裡也越來越思念起自己祖國和同胞。瓦妲不是一個會隱藏自己情緒的人。當她發現自己變得跟以前不太一樣，而且不管在睡夢中或清醒的時候，腦海中都會浮起對地中海東岸地區的印象、回憶和思念時，便馬上跟鍾討論這件事。其實他隱約察覺到一些徵兆，所以也很認命地聽她描述自己的感覺。抵達加勒比海之行的終點站金斯頓時，他們花了很長的時間溝通。伊度里向我簡單描述瓦妲說過的話：「我覺得已經到了應該回到自己的國家、去看看自己同胞的時候了。我會這麼做並不是因為某個明確的原因，也不是早就計畫好的，而是我的身體接收到這樣的訊息，就只是這麼簡單。這些日子以來我陸續得到幾個結論，第一就是我不想、也永遠不可能變成歐洲人。其次，參考我之前偶爾搭船旅行的經驗，以及我們這幾個月以來的生活，我覺得在海上漂泊的日子已經耗損了我心中的能量，也漸漸摧毀了我從自己的國家和同胞身上汲取的力量。我非常欣賞您的某些特質，也一直認為自己可以跟您一起生活，但是您卻習慣四處漂泊，也不可能會改變。」鍾認為既然他們是情侶就不可能避免這樣的情況，所以忍不住提出了疑問：「您的意思是希望我們以後都不要見面了嗎？」瓦妲很自然地露出驚訝的表情，也馬上做出回應，讓伊度里一時之間說不出話來：「天哪！當然不是，我不是這個意思，我甚至無法忍受不能跟您見面的生活。我必須生活在陸地上，而且我會帶您一起走。您會了解的，您也會明白我的想法。我不想再討論下去了。」隨著船隻越來越靠近金斯頓，類似的對話出現的次數也越來越頻繁。

到此，鍾又陷入長時間的沉默，很明顯地，要他回想他們在牙買加分手的過程是很困難的。由於他幾乎沒有提供什麼訊息，所以不太容易把它寫出來。我不斷想起他曾說過的一番話，雖然有點八股，卻很能反映他的心情：「您在金斯頓的碼頭看到的那艘貨船，它那已經傾斜、近乎解體的樣子，就是當時它的船長心情的最佳寫照。我們眞的是一點辦法都沒有了，因爲時間已經不斷地催促著我們做出決定，充滿美酒和玫瑰花的日子就要結束了。」瓦妲在金斯頓的機場跟鍾道別，她會先飛到倫敦，再搭乘飛往貝魯特的航班。最後，她用雙手捧住他的臉，像個女預言家一樣專注地看著他，說出了最後的這番話：「等您到勒希非就會收到我的消息，讓我好好整理自己的心情，我會去找您的。」鍾垂頭喪氣地回到貨船上，他像個斯多葛主義者㉔，或者說伊比利半島人更爲貼切，默默地接受了天神決定的命運。

㉔斯多葛學派（Estoicismo）：為希臘哲學家芝諾於公元前三〇八年左右倡導的學說，由於該學派主張禁慾修行，故常被人稱為禁慾主義（Asceticism）。

他接下來的計畫包括暫時把船送到新紐澳良的修船廠整修，然後到拉瓜伊拉接收一批要送往波利瓦爾市的探勘石油的機器設備，再從那裡運送木材到勒希非。新紐澳良船廠做出的診斷報告相當不樂觀。徹底整修船身架構和貨倉不僅需要昂貴的費用，且在考慮到船隻其他部分的狀況之後，連工程師也無法保證一定會修好。此外，「翠鳥號」外觀的粉刷工程所需的費用甚至高過船隻本身的價值。由於船上的機器設備不久之前曾做過調整，所以可以延長使用壽命，但是負責維修的技師卻不願意明確指出還能使用多久。爲了避免船側和貨倉的牆壁再度受到壓迫，鍾只好同意減少一半的載貨量，所以抵達拉瓜伊拉的時候，只能載走一部分已經堆放在碼頭的貨物。

拖船已經穿過整個沼澤地區，駛進河流靠海的區段，再過不久就會抵達港口。由於加勒比海沿岸的城市彼此之間往來十分頻繁，爲了便利水上的交通，這個區段從殖民時期起便持續進行疏通和維護的工程。並且從河流的一個轉彎處，到據說在十七、十八世紀時曾英勇抵抗海盜入侵的柯隆尼亞河谷之間建造了一條運河，將附近的城市結合在一起。旅途中，我們經過了一大片沼澤區，觸目所及盡是單調乏味、令人厭煩的景象；不過，我這一次卻都沒有注意到，因爲鍾．伊度里船長的故事已經盤據了我整個心頭。而且，我們會利用晚上的時間待在甲板上聊天，白天則幾乎都在船艙裡吹冷氣補眠，雖然由人工營造出來的涼爽環境總讓我聯想到停屍間的氛圍，但卻是待在這附近的最大享受了。

在快接近入港處的流域時，兩邊的河岸都豎立著石牆和石造建築，就像船隻駛入橫跨比利時和荷蘭境內那些四通八達的運河時，看到的是一樣的景象。我們再過兩天就會抵達港口。在倒數第二天的晚上，伊度里建議我們延續之前的習慣，在甲板上待到天亮。到此，他的故事已經接近尾聲，只是那時的我卻不知道原來自己曾經見證了某一段過程。我們在晚上九點的時候來到甲板上，牙買加廚娘帶來一大壺的 vodka amb pera，爲了保持飲料的清涼還特地加了冰塊。鍾開始以第三人稱的方式和憂傷的語調來描述他的遭遇，由於故事已經快要結束了，他的態度變得比較謹慎，在說話的時候也似乎越來越困難。

「相信您已經很熟悉奧利諾科河的河口了。那是個地獄般的迷宮，也是我印象中氣候最惡劣的地方之一。在那個時候，河口附近的景色相當荒涼，資源又少，讓我們很不安。我從來沒去過那裡，而阿爾及利亞籍的水手長和來自阿魯巴的駕駛員則好像還滿熟悉的。駕駛員曾有好幾次開船到波利瓦爾市的經驗，那裡也是我們要將船上的機器設備卸下的地點。我們已經事先在航海圖上畫出標記，但是他似乎並不特別擔心路線有多難走，『唯一需要擔心的，』他解釋道：『是河水在雨季中突然暴漲，因爲會有大量的淤泥和樹根隨著水流順勢而下，可能會在很短的時間內擋住船隻的去路。不過，要是河水突然暴漲，位於波利瓦爾市港口的廣播電台會馬上發佈警告消息，我們也會很小心地前進，請您不必擔心。』不過，我就是從這一刻開始擔心的。我很清楚在這些國家中『請您不必擔心』這句話所代表的意義，其實就是『如果發生的事情是我們無力改變的，就不值得爲它擔心。』我們在晚上的時候抵達聖荷西德阿馬庫拉的對面，並且決定先在一個小海灣停靠，等到隔天清晨有陽光的時候再開進河口三角洲。那天下了整晚的雨，駕駛員爲了安撫我們的情緒特別做了一番解釋，他表示現在是因爲奧利諾科河接收了支流暴漲的水量才會如此，不代表陸地也在下大雨。我們在清晨五點從航海圖上看起來最容易通行的一條支流進入河口三角洲，並且在那裡碰到了巡邏艇『阿索阿德吉號』。大雨一直下個不停。爲了追蹤該區的天氣概況，我們都會收聽港口的廣播電台。電台在早上八點半的時候首次發佈河水氾濫的消息，並且表示由於河水轉而流入孕育廣大熱帶低濕地叢林的支流中，所以不會對打算進入河口三角洲的船隻造成任何危險。但是我們在幾分鐘之後就收聽不到任何廣播了。我們的目的地波利瓦爾市應該就在遠方，但是它的上空卻逐漸聚集了鐵鑽形狀的積雨雲，還不停地發出陣陣閃電。

「當我們緩慢地沿著部分區段有浮標標示位置的狹窄河道前進時，船身卻突然開始震動了起來。我們剛開始並沒有察覺任何異樣，後來卻晃動得越來越厲害，連船身的金屬薄板也被撞來撞去，甚至發出震耳欲聾的聲響。駕駛員認爲我們只是碰上河水暴漲，而且目前的水流也不像會帶來大批淤泥，而使得河床突然堆積成淺灘。不過，水手長就沒有這麼樂觀了，他連忙吩咐船員做好預防措施，並將救生艇準備妥當。就在這個時候船底突然撞上某樣東西，再加上河水猛烈地衝擊，使得船身猛的一轉，甚至變成傾斜的角度。我下令將馬達全開，試著把船身拉回來，卻在快要成功的時候又遭到一次強烈撞擊，使得船身再度傾斜，螺旋槳更因此露出水面，完全無法使用。因爲河水迅速地灌進船艙裡，我只好關掉引擎，要求所有人員到甲板上集合。此時已經可以明顯的看到大量的淤泥和被沖下來的樹枝正快速地堆積中，開始從中間裂開的船身也漸漸地擱淺在上面。本來船上有兩艘救生艇，但是其中一艘被壓壞了，我們只好盡可能地擠在另一艘上面，在大雨中讓強大的、混合著泥巴的水流帶我們離開那裡。幸運的是『翠鳥號』撞上的淺灘剛好也擋住了湍急的水流，所以我們只要再往前半海里就能自行控制救生艇的方向。受到河水強力衝擊的流動貨船就像一隻與貪得無厭、破壞力特強的敵人交手後被撕成碎片的史前怪獸，我們則像是眼睜睜地觀賞了這個血淋淋的過程一樣。最後，船身徹底裂成兩半，並開始往反方向移動。岸邊的河床向來十分鬆軟，通常在受到暴漲的河水擠壓之後便會形成許多新的支流，而裂成兩半的船身就這麼流入不同的水道，並在一瞬間消失了蹤影。我們的救生艇則在傍晚六點左右抵達庫略坡，有關當局把我們安置在軍營裡，也准許我跟加拉卡斯的保險員連絡，商討將船員送回去的相關細節。而流動貨船的生命就這麼結束了，它的身影從此之後也只能繼續保留在您和我的夢中。」

我聽完後，沉默了好一陣子。我到現在才能體會爲什麼伊度里會說我見證了「翠鳥號」和它的船長生命中的幾個關鍵時刻。我甚至還在發生船難的幾個小時前見過它一面，那時我們正在委內瑞拉的阿爾瑪達岸邊等待巡邏艇接我們到公海上。距離抵達港口只剩下一個夜晚，但我不會再追問那天晚上發生的事，而且要推斷故事的結局也不是一件困難的事。在描述的過程中，與其說是爲了滿足我的好奇心，倒不如說是給巴斯克船長一個機會，讓他可以驅除折磨著他內向、敏感心靈的鬼魅。

「我的朋友啊！」他回答道：「這些故事永遠都不會結束的。雖然我所經歷的一切在我死去的那一刻，也會跟著畫下句點，但說不定以後又會有其他人也發生類似的遭遇，這又有誰會知道呢！剩下的就等到明天再聊吧！您眞有耐心聽我說這麼多話。我在聖瑱德路茲教書的祖父曾說，生活在如煉獄般的地球上，我們每個人都承受著各自的痛苦，我才會如此感激您對此事的關心。」當他起身要回到船艙之前，從我面前走過時，我注意到他的臉上籠罩著嚴肅的陰影，讓他看起來衰老許多。他的頭髮在月光的照耀下顯得特別蒼白，而似乎在瞬間變得蒼老的容貌也替他蒙上了一股傷感的氣息。

當我們隔天晚上聚在狹小的甲板上時，已經隱約可以看到遠方港口所反射出來的亮光，這亮光就像是突然出現的戲劇性的火焰，只不過畫面是靜止不動的。因爲描述自己不幸的遭遇就像走在燒紅的木炭上一樣痛苦，所以伊度里這次選擇直接切入主題，應該是想要快點把故事說完吧！和之前一樣，他在說話的時候會避免使用某些措詞，除了不想讓別人誤以爲他在顧影自憐之外，也因爲他覺得這沒有什麼好驕傲的。他會這麼做是因爲他的個性十分謙和有禮，而在十八世紀的時候，法國人通常會以「高貴的情操」來形容這樣的人。

「爲了討論『翠鳥號』的保險單以及水手和職員的賠償事項，我和保險員約在加拉卡斯見面。也從那裡分別發出電報給瓦妲和巴舒爾，通知他們發生了船難。不過，我等了一段時間都沒有收到回音，便開始覺得有點擔心。在此同時，想去勒希非也漸漸變成一個無法擺脫的念頭，而且已經變成最迫切、最必要去做的事了。關於未來，瓦妲可能會做出任何決定，但只要一想到以後不能再見面，我就會覺得受不了。我不認爲我們在金斯頓是最後一次說再見，現在心裡也充滿了許多跟她一起生活時沒有說出口的話語。不過，我後來卻覺得這些話都變得不重要、也已經沒有必要了，因爲我們當時的樣子、我們的肉體關係、我們曾共同擁有的感情和複雜難理的情緒等等，都讓言語顯得多餘，而且現在它們又頑強且固執地佔據了我的心頭。這些事件的發生有可能會帶來新的結果，或者以不同的方式來延續我們之前的關係。我一處理完委內瑞拉的事情就搭乘飛機到勒希非去。您知道勒希非這個地方嗎？」我回答自己去過兩次，而且在那個帶有葡萄牙和非洲風格的城市裡留下了難忘的回憶，不過，我也說不上來爲什麼會被它吸引。「我之前幾次從布萊梅開著載送化學原料的油船過去時，也非常喜歡那裡。但是在我等待著瓦妲的消息時，看到同樣美麗的城市、迷人的橋墩、廣場，以及有些已經出現被侵蝕的跡象、有些甚至快要倒塌的建築物時，卻讓我備受煎熬。我心中的渴望和不安的情緒是促使我堅持等待下去的最大動力，已經超越了原本眞正的原因。雖然她曾說過我們會在這裡見面，卻沒有交代清楚她回到黎巴嫩之後有什麼計畫。我試圖一點一滴地回想、重新審視她當時的表情和說過的話，終於發現勒希非的約定並不是眞的。因爲她不希望我們在金斯頓最後一次說再見的時候留下感傷的陰影，才會想出這個辦法來安慰我。我已經不知道自己該做何感想，分不清哪些是我的夢境、哪些是想像，又有哪些才是眞正發生過的事情。後來，由於我去過所有瓦妲可能會落腳的旅館，那些地方的酒保和招待人員都覺得我很古怪，也懷疑起我的動機。他們看到我進去的時候都會消極地搖搖頭，露出同情的笑容，後來更把我當成有怪癖的人或精神病患者看待，態度明顯地夾雜著一絲煩惡的情緒。天氣熱得讓人受不了，我開始厭惡起這座城市，也把一切都怪到它頭上。保險公司表示必須針對流動貨船的船難事件展開詳細的調查，一年之後才會將保險金一次付清，但是我的存款已經快要見底了，只好趕快去找新工作。

「最後，我終於接到郵局的通知，原來是我的朋友寫了一封長信給我。其實她寫的內容我幾乎都講完了，所以我不打算把信唸出來。再加上她的遣詞用字相當流暢和自然，要是大聲唸出來的話，會很像聽到她的聲音，我也會受不了。現在就讓我簡單地描述她寫的內容吧！瓦妲提到爲了適應她的社會和家庭環境，她回到黎巴嫩之後立即調整自己的腳步，馬上拋棄了對歐洲和其他方面的夢想，也不再像以前那麼理智和堅定了。雖然她對我的感情沒變，但是如果繼續發展下去只會帶來更爲慘痛的後果。我們的愛情不僅會變得勉強，也不可避免的會夾雜著失望和罪惡感，到最後就會亂成一團。總之，當現實受到曲解的時候，我們的眼中只會見到自己心裡所想，以至於錯把我們的願望當成無庸置疑的事實。她不會出現在勒希非，也不會在這裡或其他地方跟我見面。要是我認爲她會做出留在陸地上的決定，以及服從於她的同胞所訂立的法律和習俗，是受到流動貨船發生船難的影響，她將會非常難過。雖然這似乎應驗了阿巴杜之前說過的話，但絕對不是這樣的，我也不該這麼想。她也承認以這艘船的狀況而言，的確隨時都可能會解體。而流動貨船能夠延續這麼久的生命，完成超乎它的負荷量的工作，已經算得上是奇蹟了。瓦妲接下來特別針對我的個人特質和德行提出了一些看法，由於她記得的都是我們一起度過的美好時光，再加上想到以後再也不能見面，所以她的描述其實有點誇大。我向來沒什麼女人緣，她們也應該覺得我很無趣。也許瓦妲看到的是某方面的我，是爲了跟蠢的世人劃清界線而刻意與人保持距離的我，沒想到卻因此幫助了她放下對歐洲世界的迷戀。和我在一起之後，她深刻的體認到世界上的人都是一樣的，都會受到些微的痛苦或骯髒齷齪的利害關係所驅使，生命都是如此的短暫，這是不管走到哪裡都永恆不變的定律。當她確定了這個想法，就很清楚地預見自己會回到原本的世界去，也表現出時下女性少有的成熟態度。

「在勒希非接下將一艘需要整修的運油船送到貝爾法斯特的工作之後，我才恢復了還沒在安特衛普遇到巴舒爾和加比耶羅時的生活。但是瓦妲已經佔據了我全部的生命，也早已成爲我秘密的活力來源，所以在失去她之後，沒有任何東西能夠塡補這個空缺。我在一開始的時候曾經說過，我就像個機器人一樣過著行屍走肉的生活。我什麼事都不管，也不會試圖在一團亂的生活中尋求慰藉與自我安慰，因爲那不過是在自欺欺人罷了。如同我一開始對您的提醒，我也注意到我說的這個故事有可能太過單調或已經過時了。但要是您曾見過瓦妲一面，曾聽過她的聲音，您一定也會覺得一切都會因爲她而變得不同。她身上具有某種無法用言語形容的、不可思議的特質，只有認識她的人才有可能了解，能待在她的身邊是多麼地幸福，而失去她又是個多大的折磨。」

我們兩人一如往常地沉默了一個多小時。伊度里突然從椅子上坐起來，向我伸出手，很熱情地跟我握手握了好長一段時間，我想他是基於典型巴斯克人保守的個性，才決定以握手來代替無法說出口的那些話。「爲了能搭上送我去亞丁灣的比利時貨船，我明天一早就得到碼頭去，所以不知道我們早上還會不會碰面。我非常高興能夠認識您，以及得知您在赫爾辛基第一次見到可憐的流動貨船時所表現出來的憐憫之情，這些記憶也將把我們永遠連結在一起。晚安。」突然聽到他眞情流露的道別，我竟無法表達出自己有機會認識「翠鳥號」和他的船長的另一面是多麼有意義的一件事，反而只能擠出幾句沒有條理的話作爲回答。等我打算上床睡覺時天都快亮了。公司派來的車輛要等到中午才會來接我。我希望在入睡之前能把剛剛聽完的故事從頭到尾想一遍。我心想：從上帝造人以來，人類幾乎不曾改變，皆維持著本來的心性。在人類的世界裡也只存在著一種形式的愛情故事，是一種帶著純眞，卻不一定能完美畫下句點的戀情。這一次我睡的很沉，而且很反常地，一夜無夢。

LOCUS

LOCUS

LOCUS

LOCUS